◎『苏州文化丛书』向世人展示苏州文化的综合实力,用以提高苏州人的文化素养,提高人的素质,用以吸引与沟通五湖四海的朋友。

——陆文夫

◇ 苏州文化丛书

苏州诗咏

Suzhou Culture Series
Suzhou Poetry

吴企明 ◇ 选注

苏州大学出版社
Soochow University Press

图书在版编目（CIP）数据

苏州诗咏 / 吴企明选注. -- 苏州：苏州大学出版社, 2024.6. -- （苏州文化丛书）. -- ISBN 978-7-5672-4702-4

Ⅰ. I22

中国国家版本馆CIP数据核字第2024WA9551号

书　　名	苏州诗咏　SUZHOU SHIYONG	
选　　注	吴企明	
责任编辑	史创新	
装帧设计	唐伟明	
篆　　刻	王莉鸥	
出版发行	苏州大学出版社　（Soochow University Press）	
社　　址	苏州市十梓街 1 号　邮编　215006	
网　　址	http://www.sudapress.com	
邮　　箱	sdcbs@suda.edu.cn	
印　　装	苏州工业园区美柯乐制版印务有限责任公司	
邮购热线	0512-67480030　销售热线　0512-67481020	
网店地址	https://szdxcbs.tmall.com（天猫旗舰店）	
开　　本	890 mm × 1240 mm　1/32　印张　9.25	
字　　数	220 千	
版　　次	2024 年 6 月第 1 版	
印　　次	2024 年 6 月第 1 次印刷	
书　　号	ISBN 978-7-5672-4702-4	
定　　价	42.00 元	

凡购本社图书发现印装错误，请与本社联系调换。服务热线：0512-67481020

总　序

无论是从中国还是从世界来看，苏州都可以称得上是一座杰出的城市。先天的自然禀赋，后天的人文创造，造就了这么一颗美丽耀眼的东方明珠。

得山川之灵秀，收天地之精华，苏州颇获大自然的厚爱与垂青。自然向历史积淀，历史向文化生成。作为一个悠久的文化承载之地，苏州积淀了丰厚的文化底蕴，两千五百多年的历史风烟在这里凝聚成无尽的文化层积。说起苏州，人们不能不想到其园林胜迹、古桥小巷，不能不谈及其诗文画卷、评弹曲艺，不能不提到其丝绸刺绣、工艺珍品，如此等等。从物的层面上去看，园林美景、丝绸工艺、路桥街巷这些文化活化石，映显了苏州人丰硕的文化创造成果，生动地展示了其千年的辉煌。翻开苏州这本大书，首先跃入眼帘的就是这些物化的文化结晶体。外地人触摸苏州，大约更多的是从这一层面上去接受。这是一个当然的视角。再从人的层面上去看，赫赫有名的苏州状元，风流倜傥的苏州才子，儒雅淳厚的苏州宰相，巧夺天工的苏州匠人……在中国文化史上亦称得上是一大文化奇观。特别是在明清时代，其耀眼的光芒照亮了东南大地的星空，总为人们所津津乐道。从人到物，由物及人，这些厚厚实实的文化存在，就是人们在凝视苏州时所注目的两大焦点。当展读苏州这本大书时，那些活泼泼的文化人物与活生生的文化创造物，就流光溢彩般地凸显在眼前。作为在中国文化史上具有重大影响力的苏州地域文化，其文化的丰厚性不仅在于其（自然）文化生态的意义上，也不仅在于其具有诸如苏州园林、苏州刺绣这种物化形态的文化产品上，更在于其文化创造主体的庞大与文化创造精神的活跃，在于其文化性格的早熟与文化心理的厚重。自古以来，苏州就是一个文化重镇，散发与辐射出浓厚的文化气息。这里产生过、活动过、寄寓过数不清的文化名人，从文人学者到书家画士，从能工巧匠到医坛圣手……这里学宫书院林立，藏书楼阁遍布，到处都呈现出生生不息的文化创造与永不停顿的文化传播。这种文化承传与延递，从未湮灭或消沉过。

接近一座城市，就像是打开一本包罗万象的书；感受她是一种享受，而要内在地理解她，则又需要拥有健全的心智。读解一座城市，既是容易的，又是困难的，特别是在读解像苏州这样一座文化古城时，其情形就更是如此了。正是为了帮助读者去充分阅读与深入理解苏州这一文化存在，于是便有了这一套"苏州文化丛书"。

感谢丛书的作者们，他们辛勤的劳动，为我们提供了一套内容丰富的文本。之中，经过他们的爬梳与整理，捧献出大量的阅读资料，并且从其自身的特定视角出发，阐释了其对于苏州文化的认识与理解。作为对苏州文化事实知之不多或知之不深的外地读者来说，这等于提供了一个让其接近苏州文化母本的间接文本；对于熟知苏州文化的读者特别是本地读者来说，则是提供了一个"奇文共欣赏，疑义相与析"而便于展开共同讨论的文本。这对于扩大苏州文化的影响，对于深化关于苏州文化内涵的理解，都是甚有益处的。

有一千个读者，就会有一千个哈姆雷特。对于每一个文本的理解，都是一个独特的视角，都是一种个性化的文化理解方式。就"苏州文化丛书"而言，重要的不在于希望读者都能同意与接受作者们对于苏州文化的这种阐释，而在于希望他们能够从这些读解中受到某种启发，从而生发出对于苏州文化进一层的深入认识。正像有人所说的那样，你从这些资料中读出一二三四五，而他人则可能从中看出六七八九十。重要的不在于从这种读解中所得出来的结论，而在于对这种读解过程的积极参与，体现出对当下苏州文化的热爱。如果能在这种不断往复的文化探询中，达到某种程度上的视界融合，并对苏州现代化的伟大实践产生积极的推动作用，那么，这就正切合编辑出版这套"苏州文化丛书"的初衷与主旨了。

读解苏州，这是一项颇有意义的文化工作，既有其文化学上的意义，又有其重要的现实功能。读解苏州文化，并不仅仅在于发思古之幽情，更在于要在历史文化与现实发展之间寻找到一个连接点。纵观历史，苏州有着丰厚的文化底蕴；审视现实，苏州正率先进行着宏大的中国式现代化建设之实践。在这一历史与现实的衔接中，大力加强文化开发和文化建设，无论怎样评价其对于推动当下中国式现代化建设的重要意义都不会过高。而读解苏州文化，理解本地域文化的自身特点，正是建设文化大市的一项基础性的工程。文化苏州，文化兴市。文化——这是苏州的底蕴、源泉、特色和优势所在。中国早期资本主义的最初萌芽，为什么会萌发于明清时期的苏州一带？享誉中外的乡镇工业的"苏南模式"，为什么会出自苏锡常这一苏南地区？新加坡政府在反复的比较论证后，为什么会选择苏州作为其合作建立工业园区的场址？名闻遐迩的"张家港精神""昆山之路"，为什么能产生于苏州地域？在这里，人们可以寻找出许多别的什么理由，但有一点是共同的，那就是苏州有着非同寻常的文化沃土。读解苏州，就是读解苏州文化，不仅注目于其物质文化的层面，更是要从读"物"的层面进入读"人"的层面，读解其内在的文化精神，并在这种文化传承中实现文化的大发展，创立体现当代精神文明水平之"苏州文化模式"，从而推进苏州现代化建设之伟大进程。

书有其自身的命运；书比人长寿。"苏州文化丛书"首次出版时，是以二十世纪末的视角对苏州文化的一种读解，在某种程度上代表了我们这一代人对苏州文化的当下理解和集体记忆。她是一群文化研究工作者在世纪之交对苏州文化的整理和总结，当然也带有对二十一世纪苏州文化的展望与畅想。读解苏州，是读解一种文化存在，读解一种文化精神，而其"读解"之自身亦体现为一种文化创新活动。只要人们的文化创造活动没有停止，那么，这种读解工作就不会有止境。我们热切地期待着人们对她的热情关注、充分参与与积极回应。

值此"苏州文化丛书"修订出版之际，我们还要向丛书初版的组织者、主持者高福民先生和高敏女士，向支持与关怀丛书初版的梁保华先生和陆文夫先生，致以我们深深的敬意！他们所做的惠及后人的工作，为这套丛书打下了良好的基础，从而使这次进一步的修订完善成为可能。

陈长荣
（苏州大学出版社编审）
2024 年初夏

目录

contents

前　言 …………………………………………… 1

◎ 魏晋南北朝 ◎

吴趋行 ………………………………… 陆　机 / 3
思吴江歌 ……………………………… 张　翰 / 5
从永阳王游虎丘山 …………………… 张正见 / 5

◎ 唐　代 ◎

乌栖曲 ………………………………… 李　白 / 11
陪陆长源、裴枢游武丘 ……………… 皎　然 / 12
陪元侍御游支硎寺 …………………… 刘长卿 / 13
枫桥夜泊 ……………………………… 张　继 / 14
郡斋雨中与诸文士燕集 ……………… 韦应物 / 16
登重玄寺阁 …………………………… 韦应物 / 17
游灵岩寺 ……………………………… 韦应物 / 18
送从弟戴玄往苏州 …………………… 张　籍 / 19
寄苏州白二十二使君 ………………… 张　籍 / 20

九日宴集，醉题郡楼，兼呈周殷二判官
………………………………… 白居易 / 21
题灵岩寺 ………………………… 白居易 / 23
吴中好风景二首 ………………… 白居易 / 24
忆旧游 …………………………… 白居易 / 25
登阊门闲望 ……………………… 白居易 / 27
宿湖中 …………………………… 白居易 / 28
夜泛阳坞入明月湾即事寄崔湖州 … 白居易 / 29
泛太湖书事寄微之 ……………… 白居易 / 30
正月三日闲行 …………………… 白居易 / 31
题东武丘寺六韵 ………………… 白居易 / 31
武丘寺路 ………………………… 白居易 / 32
齐云楼晚望，偶题十韵，兼呈冯侍御、周
　殷二协律 ……………………… 白居易 / 33
毛公坛 …………………………… 白居易 / 34
白云泉 …………………………… 白居易 / 34
梦苏州水阁寄冯侍御 …………… 白居易 / 35
过吴门二十四韵 ………………… 李　绅 / 36
苏州不住遥望武丘、报恩两寺 … 李　绅 / 38
白舍人曹长寄新诗，有游宴之盛，因以戏
　酬 ……………………………… 刘禹锡 / 39
生公讲堂 ………………………… 刘禹锡 / 40
游楞伽寺 ………………………… 许　浑 / 42

楞伽寺	张　祜	/ 42
怀吴中冯秀才	杜　牧	/ 43
送人游吴	杜荀鹤	/ 44
胥口即事六言二首	皮日休	/ 45
馆娃宫怀古五绝（选一）	皮日休	/ 46
皋桥	皮日休	/ 46
明月湾	皮日休	/ 47
临顿为吴中偏胜之地，陆鲁望居之。不出郛郭，旷若郊墅，余每相访，欵然惜去。因成五言十首，奉题屋壁（选三）	皮日休	/ 48
和胥口即事	陆龟蒙	/ 50
泰伯庙	陆龟蒙	/ 51
和袭美咏皋桥	陆龟蒙	/ 52

◎ 宋　代 ◎

忆旧游寄致仕了倩寺丞	王禹偁	/ 55
游虎丘山寺	王禹偁	/ 57
洞庭山	王禹偁	/ 57
太湖	范仲淹	/ 58
天平山白云泉	范仲淹	/ 59
沧浪亭	欧阳修	/ 60
天平山	苏舜钦	/ 62
过苏州	苏舜钦	/ 63

望太湖	苏舜钦	/ 64
初晴游沧浪亭	苏舜钦	/ 64
虎丘寺	苏 轼	/ 65
吴江垂虹亭作	米 芾	/ 67
太湖上绝句	张 耒	/ 68
过枫桥寺示迁老三首（选一）	孙 觌	/ 68
游洞庭山	李弥大	/ 69
宿枫桥	陆 游	/ 70
半塘	范成大	/ 72
横塘	范成大	/ 73
胥口	范成大	/ 73
包山寺	范成大	/ 74
林屋洞	范成大	/ 75
缥缈峰	范成大	/ 76
消夏湾	范成大	/ 76
自横塘桥过黄山	范成大	/ 77
咏吴中二灯	范成大	/ 77
四时田园杂兴（选六）	范成大	/ 79
虎丘六绝句（选四）	范成大	/ 80
晚入盘门	范成大	/ 82
立秋后二日泛舟越来溪三绝	范成大	/ 82
自阊门骑马入越城	范成大	/ 83
腊月村田乐府十首（选二）	范成大	/ 85

念奴娇·和徐尉游石湖 …………………… 范成大 / 87
念奴娇 …………………………………… 范成大 / 88
泊船百花洲登姑苏台 …………………… 杨万里 / 89
从范至能参政游石湖精舍坐间走笔 …… 杨万里 / 90
枫桥 ……………………………………… 张孝祥 / 90
除夜自石湖归苕溪（其七） …………… 姜 夔 / 91
点绛唇·丁未冬过吴松作 ……………… 姜 夔 / 92
八声甘州·灵岩陪庾幕诸公游 ………… 吴文英 / 93
金缕曲·陪履斋先生沧浪看梅 ………… 吴文英 / 94
八声甘州·姑苏台和施芸隐韵 ………… 吴文英 / 95
齐天乐·齐云楼 ………………………… 吴文英 / 97
过太湖 …………………………………… 翁 卷 / 98
宿半塘寺 ………………………………… 郑思肖 / 100

◎ 元 代 ◎

朝中措·虎丘怀古 ……………………… 善 住 / 103
楞伽塔 …………………………………… 郑元祐 / 104
灵岩涵空阁 ……………………………… 郑元祐 / 104
天池 ……………………………………… 郑元祐 / 105
春游石湖 ………………………………… 郑元祐 / 106
游支硎南峰 ……………………………… 郑元祐 / 106
曹知白吴淞山色图 ……………………… 潘 纯 / 107

至元二年二月八日，陈子善、范昭甫同游
  虎丘四首（选二） ……………………… 朱德润 / 108
己卯正月十八日与申屠彦德游虎丘得客字
  ……………………………………… 倪　瓒 / 109
烟雨中过石湖三绝 ……………………… 倪　瓒 / 111
泊阊门 …………………………………… 顾　瑛 / 112
虎丘十咏（选三） ……………………… 顾　瑛 / 112
雪后游石湖 ……………………………… 陈　深 / 113
登天平山 ………………………………… 刿　韶 / 114
狮子林即景十四首（选四） …………… 释惟则 / 115
晓行吴淞江 ……………………………… 释惟则 / 117
清平乐·太湖月波 ……………………… 沈　禧 / 117
菩萨蛮·灵岩岚翠 ……………………… 沈　禧 / 118

◎ 明　代 ◎

天平山中 ………………………………… 杨　基 / 121
过姑苏城 ………………………………… 张　羽 / 121
舟过太湖 ………………………………… 张　羽 / 122
渡吴淞江 ………………………………… 高　启 / 123
皋桥 ……………………………………… 高　启 / 124
谒甫里祠 ………………………………… 高　启 / 124
卓笔峰 …………………………………… 高　启 / 125
过保圣寺 ………………………………… 高　启 / 126

枫桥	高　启 / 126
乌鹊桥	高　启 / 128
虎丘	高　启 / 128
陆羽石井	高　启 / 129
致爽阁	高　启 / 129
消夏湾	高　启 / 130
白云泉	高　启 / 130
题林屋洞天	释德祥 / 131
题有竹居小横幅	沈　周 / 131
春日过天平山	沈　周 / 132
穹窿山诗	吴　宽 / 133
过横塘	吴　宽 / 134
消夏湾二首	王　鏊 / 135
灵岩山	王　鏊 / 135
登西山缥缈峰绝顶	王　鏊 / 136
泛太湖	祝允明 / 136
垂虹别意	祝允明 / 137
登灵岩绝顶二首	王　宠 / 138
月夜登上方绝顶	王　宠 / 139
江南四季歌	唐　寅 / 140
姑苏八咏	唐　寅 / 143
石湖	文徵明 / 146
千顷云阁	文徵明 / 147

石湖泛月 …………………… 文徵明 / 148
灵岩山绝顶望太湖 ………… 文徵明 / 148
登缥缈峰 …………………… 文徵明 / 149
偶过甫里，乘月至白莲寺访陆天随故祠
　　………………………… 文徵明 / 150
沧浪池上 …………………… 文徵明 / 150
宝带桥 ……………………… 文徵明 / 151
游灵岩登琴台 ……………… 文徵明 / 152
雪后泛舟游石湖 …………… 文徵明 / 152
太湖 ………………………… 文徵明 / 154
虎丘春游词十首 …………… 文徵明 / 154
放歌林屋 …………………… 文徵明 / 156
天平山 ……………………… 文徵明 / 157
风入松·行春桥看月 ……… 文徵明 / 157
满庭芳·游石湖追和徐天全 … 文徵明 / 158
夕阳洞口观落照 …………… 沈　璟 / 159
和徵明登东洞庭 …………… 徐祯卿 / 160
题马骥才甫里别业 ………… 梁辰鱼 / 161
夏日同文寿承、休承、许元复、黄淳父、
　陆子行诸丈出葑门，游黄天荡，观荷花
　　得分字 ………………… 梁辰鱼 / 162
中秋夜泛舟石湖，闻王别驾亦有玉山之游，
　赋此奉寄 ………………… 梁辰鱼 / 163

坐治平竹房，见复初上人放鱼石湖归 … 梁辰鱼 / 165
虎丘花市茉莉曲（选三） …………… 王稚登 / 165
湖上梅花歌 …………………………… 王稚登 / 166
晚步缥缈峰 …………………………… 申时行 / 167
渡太湖 ………………………………… 袁宏道 / 168
紫金庵 ………………………………… 顾　超 / 169
金庵十八罗汉歌 ……………………… 释大灯 / 170
题梅花墅图 …………………………… 薛　寀 / 171
登洞庭西山缥缈峰放歌 ……………… 张　怡 / 172
春泛震泽 ……………………………… 陈子龙 / 173
天平山 ………………………………… 归　庄 / 174
入邓尉山 ……………………………… 归　庄 / 174

◎ 清　代 ◎

登缥缈峰 ……………………………… 吴伟业 / 179
寒山晚眺 ……………………………… 吴伟业 / 179
咏拙政园山茶花 ……………………… 吴伟业 / 180
查湾西望 ……………………………… 吴伟业 / 183
查湾过友人饭 ………………………… 吴伟业 / 183
望江南 ………………………………… 吴伟业 / 184
程益言邀饮虎丘酒楼 ………………… 吴　绮 / 184
清平乐·太湖 ………………………… 吴　绮 / 185
再题姜氏艺圃 ………………………… 汪　琬 / 186

舟过虎丘	汪 琬	187
泊石湖有怀	汪 琬	189
湖中二首	汪 琬	189
减字木兰花·重泊吴阊	鲁 超	190
疏影·忆邓尉梅花	陈维崧	191
醉蓬莱	陈维崧	192
吴宫词	庞 鸣	193
太湖罟船词四首	朱彝尊	194
同诸子元墓探梅	屈大均	195
宝带桥	夏完淳	196
虎丘题壁	陈恭尹	197
雨中元墓探梅，余于吾家山题"香雪海"三字	宋 荦	198
邓尉竹枝词（选六）	王士禛	199
游王氏园林四首（选二）	徐 釚	201
石壁	顾 汧	202
雪后晓渡太湖	查慎行	204
八月十八夜看串月歌	顾嗣立	204
过洞庭山	沈德潜	206
九日登贺九岭初见霜叶	沈德潜	207
己亥腊八日访竺禅师遇愿公	徐 崧	208
同王筑嵒登弥罗宝阁	徐 崧	209
时寓东园晚过西园作	徐 崧	209

登天平山顶兼忆幼时得见参议公居园之盛
　　　　 …………………………………… 徐　崧 / 210
范文正公祠 …………………………………… 李　果 / 211
泛艇木渎 ……………………………………… 李　果 / 212
自石湖至横塘二首 …………………………… 厉　鹗 / 213
五人墓 ………………………………………… 桑调元 / 214
戊寅岁元夕网师园张灯合乐即事 ……… 彭启丰 / 215
葑门口号 ……………………………………… 钱　载 / 216
望石湖 ………………………………………… 钱　载 / 217
题天平揽胜图为珊珊女子作 ………… 袁　枚 / 219
宿苏州蒋氏复园题赠主人（选四）…… 袁　枚 / 220
山塘绝句 ……………………………………… 赵　翼 / 221
晓登灵岩 ……………………………………… 朱方蔼 / 222
吴中杂咏三首 ………………………………… 朱方蔼 / 223
卖花声·过尧峰女真院 ……………………… 朱方蔼 / 224
寒碧庄杂咏 …………………………………… 潘奕隽 / 224
初九乘月自东山放舟至西山消夏湾宿荷花间
　　　　 …………………………………… 洪亮吉 / 226
网师园二首 …………………………………… 洪亮吉 / 227
临江仙·苏州 ………………………………… 洪亮吉 / 228
虎丘三首（选二）…………………………… 吴锡麟 / 228
唐多令·题友人停车枫林图 ………………… 吴锡麟 / 229
太湖舟中 ……………………………………… 孙原湘 / 230

题倪瓒狮子林图 …………………… 吴　修 / 232
月夜出西太湖作五首 ………………… 舒　位 / 232
徐琢珊秀才邀游狮子林作 …………… 舒　位 / 234
八月十八日石湖串月逢雨 …………… 舒　位 / 235
己亥杂诗（选一）……………………… 龚自珍 / 236
侨寓吴门，茸城东旧圃名曰耦园，落成纪事
　　…………………………………… 沈秉成 / 237
石湖棹歌百首（选四）………………… 许　锷 / 239
五人墓傍见杜鹃花 …………………… 姚　燮 / 240
孙氏隐啸园七章（选四）……………… 姚　燮 / 241
曲园落成，率成五言五章，聊以纪事（选一）
　　…………………………………… 俞　樾 / 243
消夏湾 ………………………………… 姚承绪 / 245
四柏行 ………………………………… 黎光曙 / 246
怡园（选二）…………………………… 李鸿裔 / 247
姑苏道中杂诗（选二）………………… 李慈铭 / 248
石壁 …………………………………… 汪　芑 / 249
石公八咏 ……………………………… 秦敏树 / 250
夜宿天平兼山阁 ……………………… 徐文锡 / 253
远村主人召集诸同人网师园看牡丹，即席
　　有作 ……………………………… 于沧来 / 254
浣溪沙·从石楼、石壁往来邓尉山中 … 郑文焯 / 256

◎ 近代 ◎

双塔寺寄友人 ………………………… 吴昌硕 / 259

沧浪亭 ………………………………… 吴昌硕 / 260

花犯·题滨虹虎阜探梅图 …………… 金天翮 / 260

登北寺塔 ……………………………… 金天翮 / 262

山塘 …………………………………… 金天翮 / 262

雨后游鹤园二首 ……………………… 张荣培 / 263

后　记 ………………………………………… / 265

前　言

苏州，又名勾吴、阖闾、吴郡、吴州、姑苏、平江。"且有吴之开国也，造自泰伯，宣于延陵。盖端委之所彰，高节之所兴。建至德以创洪业，世无得而显称。"（左思《吴都赋》）自春秋时期泰伯开国以来，我们的祖先在这块"山泽多藏育"的富饶土地上辛勤耕耘、劳作、开发，至晋唐时代，苏州已成为物产丰饶、市肆骈列、经济繁荣、"富庶冠东南"的大州。左思是这样描绘苏州的："国税再熟之稻，乡贡八蚕之绵""开市朝而并纳，横阓阛而流溢""商贾骈坒""缛贿纷纭"（《吴都赋》）。唐代诗人韦应物、白居易也用优美的诗句热情讴歌苏州："时暇陟云构，晨霁澄景光。始见吴都大，十里郁苍苍。山川表明丽，湖海吞大荒。合沓臻水陆，骈阗会四方。俗繁节又暄，雨顺物亦康。"（韦应物《登重玄寺阁》）"阊门四望郁苍苍，始觉州雄土俗强。十万夫家供课税，五千子弟守封疆。"（白居易《登阊门闲望》）宋、元、明、清时代，苏州没有受到大的兵燹之灾，经济在原有基础上继续发展，更趋繁荣。我们在这片土地上建设社会主义新苏州，确实有着得天独厚的优越条件。

"吴中信是好山水。"（王鏊《灵岩山》）苏州地处长江下游，太湖之滨，山环水抱，山明水秀，是著名的江南水城，素有"东方威尼斯"之美誉。古城内，河道纵横交错，掩映着绿柳、红桥、水阁、曲栏，画舫穿梭其间，景色分外清丽秀美。"绿浪东西南北水，红栏三百九十桥"（白居易《正月三日闲行》），"桥映家家柳，泾通处处莲"（王禹偁《忆旧游寄致仕王倩寺丞》），"君到姑苏见，人家尽枕河"（杜荀鹤《送人游吴》），"烟水吴都郭，阊门架碧流。绿杨深浅巷，青翰往来舟"（李绅《过吴门二十四韵》）。古城外，湖泊江河，星罗棋布，有"万顷琉璃秋映彻，做作颁风柳月"（吴绮《清平乐·太湖》）的太湖，有"金盆出水耀光芒，琉璃迸破银瓶泻"（顾嗣立《八月十八夜看串月歌》）的石湖，有"南浦春来绿一川，石桥朱塔两依然"（范成大《横塘》）的横塘，有"乘潮动旅榜，雾散寒江曙。苍蒹靡靡出，白鸟翻翻去"（高启《渡吴淞江》）的吴淞江。此外，还有澹台湖、金鸡湖、独墅湖、娄江、越来溪、山塘、葑溪等，环城皆水，家家户户临河傍水，"古宫闲地少，水港小桥多"（杜荀鹤《送人游吴》），"近湖渔舍皆悬网，向浦人家尽种莲"（张羽《过姑苏城》），形成了苏州自然风光中"以水取胜"的特征。苏州城外多山，近郭有虎丘山、上方山、灵岩山、天平山，环列于城西；远郊有阳山、邓尉山、洞庭东西山，罗布于太湖畔。它们或高峻，或雄奇，或峭削，或幽深。天平山"岩岩突兀凌青霄"（唐寅《姑苏八咏·天平山》），西山"居然自可小天下，谁道吴中无泰山"（王鏊《登西山缥缈峰绝顶》），灵岩山"岚光浮翡翠"（沈禧《菩萨蛮·灵岩岚翠》），蟠螭山"峭壁疑削成"（汪艺《石壁》），这些山中胜景，真是令人目不暇接，美不胜收。尤其值得瞩目的是，苏州的山山水水相互依存，相得益彰，山带水而愈加明秀，水依山而更富神韵，"群山包水水包山，金作芙蓉玉作环"（释德祥《题林屋洞天》），"虚岚浮翠带湖明"（郑文焯《浣溪沙·从石壁、石楼往来邓尉山中》），"一雨快晴云放树，两山中断水粘空"（范成大《胥口》），"三万六千何渺渺，倒浸玉京瑶岛"（沈禧《清平乐·太湖月波》）。明人袁宏道在《西洞庭》一文中曾这样描述过苏州的湖山胜景："山色七十二，湖光三万六，层峦叠嶂，出没翠涛，弥天放白，拔地插青，此山水相得之胜也。"真是一言中的。清人李斗《扬州画舫录》引刘大观语称："杭州以湖山胜，苏州以市肆胜，扬州以园亭胜。"此话有点偏颇，不符合实际，苏州不但以市肆胜，而且论湖山足以甲江南，论园林足以甲天下，实兼三者而有之。

苏州山美，水美，人更美。

唐代苏州刺史韦应物在盛赞苏州富饶美丽的同时，将眼光投向了苏州的文史背景、人文景观以及深厚的文化积淀。他说："吴中盛文史，群彦今汪洋。方知大藩地，岂曰财赋疆。"（《郡斋雨中与诸文士燕集》）说得真好！苏州人杰地灵，人文荟萃，人才辈出。苏州的先民在创造物质文明的历史进程中，也创造出了辉煌的精神文明，成就了一大批道德高尚、才智聪睿的历史文化名人。"泰伯导仁风，仲雍扬其波。穆穆延陵子，灼灼光诸华。"（陆机《吴趋行》）泰伯、仲雍、季札礼让谦恭，开吴地笃厚澄清之风气。"遁迹虚烦明主诏，感怀犹赋散人诗。"（高启《谒甫里祠》）唐代诗人陆龟蒙不图荣华、淡泊名利的高节，受到历代文人的普遍敬重。"山势雄奇产人杰，荒祠端拜范希文。"(归庄《天平山》)宋代名相范仲淹"先天下之忧而忧,后天下之乐而乐"(《岳阳楼记》)的博大胸怀,赢得后人的无比敬仰。"义声嘘侠烈,悲吊有屠沽。"(桑调元《五人墓》)颜佩韦等五人因领导反对魏忠贤阉党的抗暴斗争而被杀,浩气长存。

"群彦今汪洋",苏州历史上出现过许多文化名人,他们为华夏文化、苏州文化的发展贡献出自己的聪明才智。唐代书法家张旭善草书,声名扬天下,被誉为"草圣"。宋代府学教授朱长文,为苏州的教育事业尽心尽力。宋代范成大撰《吴郡志》,擅诗,为"南宋四大家"之一。明代"吴门四家"之沈周、唐寅、文徵明,都是艺术造诣极高的苏州画家,发展并丰富了文人画的笔情墨趣。明代许自昌和清代黄丕烈,都是著名的藏书家和刻书家,开创吴郡刊刻、庋藏典籍的风气。沈德潜论诗尚格调,选评历代诗歌,编成《古诗源》《唐诗别裁集》《明诗别裁集》《国朝诗别裁集》,以惠后学,影响极大。正因为有着众多的苏州文化人的共同努力,苏州的文化积淀愈益丰厚,历史文化名城的内涵日益深化,她的声名也日益远扬。

文物古迹和园林艺术,是历史文化名城的重要标志,是物质文明和精神文明高度发展的见证,凝聚着苏州人民的智慧和创造力,也渗透着历代文人的美学思想和审美情趣。它们熔建筑、文学、书画、雕刻、工艺于一炉,结合着叠石、治水、花木、装饰等要素,为中华民族留下弥足珍贵的宝藏。远在公元前六世纪,苏州就建造起姑苏台、馆娃宫、长洲苑。东晋以后,佛寺道观、私家园林也在苏州陆续兴建,如辟疆园、云岩寺、普明禅院、保圣寺、玄妙观、紫金庵、沧浪亭、狮子林。明、清时代,私家造园更是蔚然成风,约有五百余处,明代王献臣的拙政园、徐泰时的东园(后改建为留园)、甪里许自昌的梅花墅,清代宋宗元的网师园、顾文彬的怡园,都是非常著名的园林。其他如创建于唐代元和年间的宝带桥,塑于唐宋时代的保圣寺罗汉像和紫金庵罗汉像,始建于五代后周显德六年(959)的云岩寺塔和建于宋代太平兴国七年(982)的定慧寺巷双塔,建于元代大德年间的觅渡桥,都是"人巧"的产物、劳动人民智慧的结晶,它们被深深地打上了历史的印记,记载着古代科学和艺术的辉煌。

作为一座历史悠久的文化古城和资源丰富的旅游城市,苏州像一颗东方明珠,镶嵌在长江这条玉带的东端,她闻名遐迩,驰誉中外。无数土生土长或来苏游宦和流寓的骚人墨客,都曾为之倾倒,感发兴会,奋笔挥毫,文人撰文,诗人吟诗,词人填词,他们用不同的文学样式和最优美的语言,全面地反映、尽情地讴歌苏州风貌,寄寓着丰富的情思和神韵。就中诗词作品尤为繁多。这些充满着"姑苏情韵"的诗篇、词章,诗艺美与自然美、人文美融为一体,为苏州的自然风光和人文景观添色增辉。诗词缘苏州美景而发,苏州美景藉诗词而流传。高启《枫桥》诗云:"画桥三百映江城,诗里枫桥独有名。"这里说的虽然是"桥因诗传"的事实,但也说明苏州的湖山胜景、文物古迹、人文景观赖诗词以传布的普遍道理。为此,我们从数以千万计的描写苏州风情的诗词里,精选出百余位诗人的三百多首有代表性的作品,以律诗、绝句、短古、小词为主,也适当选入一些长篇杰构,借以窥见水城苏州独有的魅力和迷人的风采,深入领悟历史文化名城的丰富内涵,激发人们热爱祖国大好河山和江南乡土的情感,让大家从中得到美的享受,也能为国内外来苏旅游的朋友们增添探幽访古的情趣。

本书以历代诗词作品为主体,适当加一些简明的注释,以助读者阅读和鉴赏。我是苏州人，深爱着这片热土，怀着热爱家乡之真情，遴选这本苏州诗词，以飨读者。限于水平，书中定有不少讹误，热忱期望得到专家和广大读者的批评与指正。

吴企明
1999 年 4 月识于诗魂画心之室
2023 年 7 月修订于城南西塘北巷

◎ 魏晋南北朝 ◎

苏 州 诗 咏 >>>

吴趋行①

陆 机

楚妃且勿叹,齐娥且莫讴。
四坐并清听,听我歌吴趋。
吴趋自有始,请从阊门起②。
阊门何峨峨,飞阁跨通波。
重栾承游极③,回轩启曲阿。
蔼蔼庆云被,泠泠祥风过。
山泽多藏育,土风清且嘉。
泰伯导仁风,仲雍扬其波④。
穆穆延陵子⑤,灼灼光诸华。
王迹隤阳九⑥,帝功兴四遐。
大皇自富春⑦,矫手顿世罗⑧。
邦彦应运兴,粲若春林葩。
属城咸有士,吴邑最为多。
八族未足侈⑨,四姓实名家⑩。
文德熙淳懿⑪,武功侔山河。
礼让何济济,流化自滂沱。
淑美难穷纪,商榷为此歌。

【作者介绍】

陆机（261—303），晋代诗人、文艺理论家，字士衡，华亭（今上海松江）人。祖逊、父抗，并为三国名将。晋武帝末，机与弟入洛，被太傅杨骏辟为祭酒，历仕太子洗马、著作郎、尚书中兵郎、相国参军等。著有《陆士衡集》《文赋》。

【注释】

① 吴趋行：乐府杂曲歌辞。吴兢《乐府古题要解》："旧说吴人以歌其地。"吴趋，坊名，苏州六十坊之一，在阊门内。

② 阊门：苏州城西门，相传始建于吴王阖闾，又名破楚门。《文选注》："吴王阖闾立阊门，象天阊阖门。"

③ 栾：柱子上承受斗拱的曲木。游极：即游梁。

④ 泰伯、仲雍：都是周太王的儿子，他们为了把王位让给弟弟季历，南来吴地，创建吴国。

⑤ 穆穆：和顺谨严的风度。延陵子：即吴公子季札，封于延陵（今江苏常州），他曾出使中原各国，以其品德才华扬名华夏诸国。

⑥ 陨：同"颓"，衰败。阳九：古代术数家称厄运为阳九。

⑦ 大皇：指孙权，他死后谥为"大皇帝"。富春：地名，今属浙江，孙权是富春人，起兵富春，建立吴国。

⑧ 世罗：喻社会秩序。

⑨ 八族：指陈、桓、吕、窦、公孙、司马、徐、傅等族。

⑩ 四姓：指朱、张、顾、陆。

⑪ 淳懿：纯朴美好。

思吴江歌[①]

张 翰

秋风起兮佳景时[②],吴江水兮鲈鱼肥。
三千里兮家未归,恨难得兮仰天悲。

【作者介绍】

张翰(生卒年不详),字季鹰,吴江黎里(今属江苏苏州)人。齐王冏辟为大司马东曹掾。因秋风起,思吴中菰菜、莼羹、鲈鱼,叹曰:"人生贵得适意尔,何能羁官数千里以要名爵?"(《世说新语·识鉴》)遂弃官东归。著有《张翰集》。

【注释】

① 又作《秋风歌》。
② 佳景时:韩鄂《岁华纪丽》作"木叶飞"。

从永阳王游虎丘山[①]

张正见

沧波壮郁岛,洛邑镇崇芒[②]。

《虎丘图》 明·文徵明绘

未若兹山丽，岩峣擅水乡。
地灵侔少室③，涂艰像太行④。
重岩标虎踞⑤，九曲峻羊肠。
溜深涧无底，风幽谷自凉。
柙沉余玉气⑥，剑隐绝星光⑦。
白云多异影，丹桂有丛香。
远看银台竦，洞塔耀山庄。
瑞草生金地，天花照石梁。

【作者介绍】

张正见（约527—约575），陈代诗人，字见赜，清河东武城（今属山东）人。幼聪慧，受萧纲赏识。入陈，任撰史著士、寻阳郡丞、尚书度支郎、通直散骑侍郎。著有《张散骑集》。

【注释】

① 永阳王：即陈伯智，字策之，陈世祖第十二子，太建中，立为永阳王。虎丘山：又名海涌山，在苏州城西北。陆广微《吴地记》："虎丘山，避唐太祖讳，改为武丘山，又名海涌山，在吴县西北九里二百步，阖闾葬此山中。"

② 洛邑：洛阳。芒：即北芒山，一作北邙山，在河南洛阳城东北。

③ 少室：山名，在河南登封北，与东面之太室山合称嵩山。

④ 太行：山名，绵亘于山西、河北、河南三省界。

⑤ 虎踞：如虎之蹲踞。《吴越春秋》："阖闾葬虎丘，十万人治葬，经三日，金精化为白虎，蹲其上，因号虎丘。"

⑥ 柙：剑匣。

⑦ 剑隐：宝剑藏于山中，指剑池。范成大《吴郡志》卷十六："剑池，吴王阖闾葬其下，以扁诸、鱼肠等剑三千殉焉，故以剑名池。"

◎ 唐 代 ◎

苏 州 诗 咏 >>>

乌栖曲①

李 白

姑苏台上乌栖时②,吴王宫里醉西施③。
吴歌楚舞欢未毕,青山欲衔半边日。
银箭金壶漏水多④,起看秋月坠江波。
东方渐高奈乐何!

【作者介绍】

李白(701—762),唐代诗人,字太白,号青莲居士,祖籍陇西成纪(今甘肃天水),随父迁居至绵州昌隆(今四川江油)。二十五岁离蜀到各地漫游,天宝初,至长安供奉翰林,受权贵排毁,去职。安史之乱后,参加永王李璘幕府,获罪流夜郎,中途遇赦。晚年,依族叔当涂令李阳冰。工诗,诗风雄奇豪放,语言清丽自然。著有《李太白集》。

【注释】

① 乌栖曲:乐府旧题,为清商曲辞,内容多写男女欢爱。
② 姑苏台:遗址在苏州西南姑苏山上,春秋时吴王阖闾建。
③ 吴王:指夫差。公元前494年,夫差打败越王勾践,勾践献美女西施求和。
④ 银箭金壶:即漏壶,古代计时器。古人以铜壶盛水,水从壶底孔中缓缓滴漏,水中有标志时间的"箭"。

陪陆长源、裴枢游武丘①

皎 然

云水夹双刹②,遥疑涌平陂。
入门见藏山,元化何由窥。
曳组探诡怪,停骢访幽奇。
情高气为爽,德暖春亦随。
瑶草自的烁,黄楼争蔽亏。
金精发坏陵,剑彩沉灵池。
一览匝天界,中峰步未移。
应来远公石③,列坐援松枝。

【作者介绍】

皎然(生卒年不详),唐代诗僧,俗姓谢,字清昼,长城(今浙江湖州)人。出家后居江宁长干寺。至德后,定居湖州,与当时名流多所交游,颇负盛名。著有《皎然集》《诗式》。

【注释】

① 陆长源:吴郡(今江苏苏州)人,历任建、湖、信、汝等州刺史,知宣武军留后时,为乱军所杀。今存其诗仅三首。裴枢:生平不详。武丘:即虎丘,唐避太祖李虎讳,改为武丘。

② 双刹：虎丘有东、西两寺。

③ 远公：晋释慧远，居庐山东林寺，为有道高僧。后代亦泛指有道行的僧人，本诗借指晋僧竺道生。

陪元侍御游支硎寺①

刘长卿

支公去已久②，寂寞龙华会③。
古木闭空山，苍然暮相对。
林峦非一状，水石有余态。
密竹藏晦明，群峰争向背。
峰峰对落日，步步余青霭。
香气空翠中，猿声暮云外。
留连南台客④，想像西方内⑤。
因逐溪水还，观心两无碍⑥。

【作者介绍】

刘长卿（709—约780），唐代诗人，字文房，郡望河间，宣州（今安徽宣城）人。天宝年间进士及第，历仕长洲尉、转运使判官、随州刺史，世称"刘随州"。工五言诗，自诩"五言长城"。著有《刘随州集》。

【注释】

① 元侍御：不知名。支硎：山名，因晋僧支遁隐此，山多平石如硎，故名。俗称观音山，在苏州城西，南傍天平山，西近华山。支硎寺即观音禅院，古报恩寺基。本诗作于至德二载（757）诗人任长洲尉时。

② 支公：支遁。

③ 龙华会：荆楚诸寺于每年四月八日设会，以香汤浴佛，称龙华会。

④ 南台客：指元侍御。南台，御史台。

⑤ 西方：佛家语，指西方极乐世界。

⑥ 观心：观察心性。

枫桥夜泊①

张 继

月落乌啼霜满天，江枫渔火对愁眠。
姑苏城外寒山寺②，夜半钟声到客船。

【作者介绍】

张继（生卒年不详），唐代诗人，字懿孙，襄州（今湖北襄阳）人。唐天宝十二载（753）进士及第，历仕检校祠部员外郎、盐铁判官。著有《张祠部集》。

《寒山寺图》 吴湖帆绘

【注释】

① 枫桥：在阊门外枫桥镇大运河畔，为古代水陆交通要道。本诗是张继至德元年（756）后漫游江、浙，路过苏州时作。

② 姑苏：苏州的别称，因姑苏山而得名。寒山寺：唐时名普明禅院，又名枫桥寺，后因张继此诗而改称寒山寺。

郡斋雨中与诸文士燕集①

韦应物

兵卫森画戟，宴寝凝清香。
海上风雨至，逍遥池阁凉。
烦疴近消散，嘉宾复满堂。
自惭居处崇，未睹斯民康。
理会是非遣，性达形迹忘。
鲜肥属时禁②，蔬果幸见尝。
俯饮一杯酒，仰聆金玉章。
神欢体自轻，意欲凌风翔。
吴中盛文史，群彦今汪洋。
方知大藩地③，岂曰财赋疆④。

【作者介绍】

韦应物（约735—约792），唐代诗人，京兆万年（今陕西西安）人。少年时为玄宗侍卫，后折节读书，历仕洛阳丞、比部员外郎、滁州刺史、江州刺史、左司郎中、苏州刺史，罢职后，闲居苏州永定寺，未几卒。韦应物在苏州有德政，人称"韦苏州"。朱长文《吴郡图经续记》："韦公以清德为唐人所重，天下号曰'韦苏州'。"著有《韦苏州集》。

【注释】

① 本诗是韦应物于贞元五年（789）夏任苏州刺史时所写。此时，自称是"州民"的顾况自著作郎贬饶州司士参军，路过苏州，恰遇此宴集，并有和诗。应物嗜诗，"其风流雅韵，多播于吴中"，白居易称本诗为韦应物在苏州诸诗中"最为警策"的一篇，"今刻此篇于石，传贻将来"（《吴郡诗石记》）。

② 时禁：唐代有每年五月断屠宰的禁令。

③ 大藩：唐代苏州为上州，故云。藩，诸侯国，借指州郡。

④ 疆：疆界、地域。

登重玄寺阁^①

韦应物

时暇陟云构^②，晨霁澄景光。

始见吴都大,十里郁苍苍。
山川表明丽,湖海吞大荒。
合沓臻水陆,骈阗会四方③。
俗繁节又暄,雨顺物亦康。
禽鱼各翔泳,草木遍芬芳。
于兹省甿俗,一用劝农桑。
诚知虎符忝④,但恨归路长。

【注释】

① 重玄寺:在苏州皋桥东甘节坊,创建于梁天监中,宋初改称承天寺。本诗作于贞元六年(790)应物任苏州刺史时。朱长文《吴郡图经续记》卷中:"承天寺,在长洲县西北二里。故传是梁时陆僧瓒故宅,因睹祥云重重所覆,请舍宅,为重云寺,中误书为重玄,遂名之。韦应物《登寺阁》诗云:'(略)'即此寺也。"

② 云构:高入云霄的建筑物。

③ 骈阗:聚集。

④ 虎符:铜虎符,汉代授与州郡刺史调兵遣将的信物。

游灵岩寺①

韦应物

始入松路永,独欣山寺幽。

不知临绝槛，乃见西江流。
吴岫分烟景，楚甸散林丘。
方悟关塞眇，重轸故园愁②。
闻钟戒归骑，憩涧惜良游。
地疏泉谷狭，春深草木稠。
兹焉赏未极，清景期杪秋。

【注释】

① 灵岩寺：在苏州城西灵岩山上，梁天监中建。徐崧、张大纯《百城烟水·吴县》："灵岩山，去城西三十里，馆娃宫遗址在焉……唐名灵岩寺，陆象先建智积殿、涵空阁，宋郡守晏公奏改秀峰禅院。"本诗作于贞元六年（790）。

② 轸：思念。故园：指馆娃宫，灵岩寺建于吴国馆娃宫的遗址上。

送从弟戴玄往苏州①

张　籍

杨柳阊门路，悠悠水岸斜。
乘舟向山寺，著履到渔家。
夜月红柑树，秋风白藕花。
江天诗景好，回日莫令赊②。

【作者介绍】

张籍（约767—约830），唐代诗人，字文昌，原籍吴郡，后移居和州（今安徽和县）。贞元十五年（799）进士及第，历仕太常寺太祝、国子助教、水部员外郎、国子司业。擅长乐府诗，与王建齐名，世称"张王乐府"。著有《张司业集》。

【注释】

① 从弟：堂弟。张籍送堂弟戴玄到苏州去，作本诗，抒写自己对苏州的美好回忆。

② 赊：迟。全句意谓不要推迟归回的日期。

寄苏州白二十二使君①

张　籍

三朝出入紫微臣②，头白金章未在身③。
登第早年同座主④，题书今日是州人⑤。
阊门柳色烟中远，茂苑莺声雨后新⑥。
此处吟诗向山寺，知君忘却曲江春⑦。

【注释】

① 苏州白二十二使君：指白居易。白居易排行二十二，宝历元年（825）至宝历二年（826）任苏州刺史。

② 紫微臣：中书省官员，因唐代称中书省为紫微省。白居易曾任中书舍人，故云。

③ 金章：宰相的印章。

④ 同座主：张籍贞元十五年（799）进士及第，白居易十六年及第，座主均为中书舍人高郢。座主，唐代进士称主考官为座主。

⑤ 州人：张籍旧籍吴郡，故题苏州诗自称为"州民"。

⑥ 茂苑：长洲苑。

⑦ 曲江：池名，遗址在今陕西西安市南郊，唐时，殿宇楼阁环于四周，风光明媚，乃游览胜地。

九日宴集，醉题郡楼，兼呈周殷二判官①

白居易

前年九日余杭郡②，呼宾命宴虚白堂③。
去年九日到东洛，今年九日来吴乡。
两边蓬鬓一时白，三处菊花同色黄。
一日日知添老病，一年年觉惜重阳。
江南九月未摇落，柳青蒲绿稻毯香④。
姑苏台榭倚苍霭，太湖山水含清光。
可怜假日好天色，公门吏静风景凉。
榜舟鞭马取宾客，扫楼拂席排壶觞。
胡琴铮鈲指拨剌，吴娃美丽眉眼长。

笙歌一曲思凝绝,金钿再拜光低昂。
日脚欲落备灯烛,风头渐高加酒浆。
觥盏滟翻菡萏叶,舞鬟摆落茱萸房。
半酣凭槛起四顾,七堰八门六十坊⑤。
远近高低寺间出,东西南北桥相望。
水道脉分棹鳞次,里闾棋布城册方。
人烟树色无隙罅,十里一片青茫茫。
自问有何才与政?高厅大馆居中央。
铜鱼今乃泽国节,刺史是古吴都王。
郊无戎马郡无事,门有棨戟腰有章。
盛时傥来合惭愧,壮岁忽去还感伤。
从事醒归应不可,使君醉倒亦何妨。
请君停杯听我语,此语真实非虚狂。
五旬已过不为夭,七十为期盖是常。
须知菊酒登高会,从此多无二十场。

【作者介绍】

　　白居易(772—846),唐代诗人,字乐天,号香山居士,下邽(今陕西渭南)人。贞元十六年(800)进士及第,曾任翰林学士、忠州刺史、中书舍人、杭州刺史、苏州刺史等。著有《白氏长庆集》。

【注释】

　　① 周殷二判官:指周元范和殷尧藩。本诗作于宝历元年(825)

九月九日,时白居易任苏州刺史。

② 余杭郡:即杭州。

③ 虚白堂:杭州刺史治所内厅堂名。

④ 穄:同"穗"。

⑤ 七堰:朱长文《吴郡图经续记》谓苏州有十六堰,白氏殆指近城者言之。八门:唐时苏州有娄、匠、阊、胥、盘、蛇、平、齐八门。

题灵岩寺①

白居易

娃宫屧廊寻已倾②,砚池香径又欲平③。
二三月时但草绿,几百年来空月明。
使君虽老颇多思,携觞领妓处处行。
今愁古恨入丝竹,一曲《凉州》无限情。
直自当时到今日,中间歌吹更无声。

【注释】

① 灵岩寺:旧名秀峰寺,在苏州城西灵岩山顶。诗人于题下自注:"寺即吴馆娃宫,鸣屧廊、砚池、采香径遗迹在焉。"本诗作于宝历二年(826)白居易任苏州刺史时。

② 娃宫:即馆娃宫。范成大《吴郡志》卷八:"(砚石)山在吴县西三十里,上有馆娃宫。又《方言》曰:吴有馆娃宫,今灵岩寺即

其地也。"屟廊:即鸣屟廊,又名响屟廊,相传吴王令西施辈穿屟,过廊而响,故名。

③ 香径:即采香径,在香山旁。吴王种香于山,使美人泛舟于溪中采香,自灵岩山顶望去,一水直如矢,故又名箭径。

吴中好风景二首①

白居易

吴中好风景,八月如三月。
水荇叶仍香,木莲花未歇。
海天微雨散,江郭纤埃灭。
暑退衣服干,潮生船舫活②。
两衙渐多暇,亭午初无热③。
骑吏语使君,正是游时节。

吴中好风景,风景无朝暮。
晓色万家烟,秋声八月树。
舟移管弦动,桥拥旌旗驻。
改号齐云楼④,重开武丘路。
况当丰熟岁,好是欢游处。
州民劝使君,且莫抛官去。

【注释】

① 本诗作于宝历二年（826）八月，白居易时任苏州刺史。

② 船舫活：水涨船动。

③ 初：根本。

④ 齐云楼：在苏州郡治后子城上，原名月华楼，唐曹恭王李明建。白居易取古诗"西北有高楼，上与浮云齐"意改称为齐云楼。

忆旧游①

白居易

忆旧游，旧游安在哉？
旧游之人半白首，旧游之地多苍苔。
江南旧游凡几处？就中最忆吴江隈。
长洲苑绿柳万树②，齐云楼春酒一杯。
阊门晓严旗鼓出③，皋桥夕闹船舫回④。
修蛾慢脸灯下醉⑤，急管繁弦头上催。
六七年前狂烂熳，三千里外思徘徊。
李娟张态一春梦⑥，周五殷三归夜台⑦。
虎丘月色为谁好？娃宫花枝应自开。
赖得刘郎解吟咏⑧，江山气色合归来。

《姑苏阊门图》 清·佚名绘

【注释】

① 诗题下自注:"寄刘苏州",诗追忆诗人宦游苏州时的情景,是寄给正任苏州刺史的刘禹锡的。本诗作于太和六年(832)。

② 长洲苑:相传为阖闾游猎处,在城西南郊。

③ 阊门:苏州西面城门,吴王阖闾立,又名破楚门。

④ 皋桥:在阊门内,因汉代皋伯通居此桥边而得名。

⑤ 慢脸:在脸上涂抹脂粉。慢,通"墁"。

⑥ 李娟张态:苏州妓名。

⑦ 周五殷三:指周元范和殷尧藩。殷尧藩排行二十三,此云殷三,乃省称。诗下自注:"周、殷,苏州从事。"

⑧ 刘郎:指刘禹锡。

登阊门闲望①

白居易

阊门四望郁苍苍,始觉州雄土俗强。
十万夫家供课税②,五千子弟守封疆。
阖闾城碧铺秋草③,乌鹊桥红带夕阳④。
处处楼前飘管吹,家家门外泊舟航。
云埋虎寺山藏色⑤,月耀娃宫水放光。
曾赏钱唐嫌茂苑⑥,今来未敢苦夸张。

【注释】

① 本诗作于宝历元年（825）诗人初任苏州刺史时。

② 十万夫家：据李吉甫《元和郡县图志》记载，唐代元和时苏州已有十万户。

③ 阖闾城：即苏州古城，周敬王六年（前514），也就是阖闾元年，伍子胥奉命筑。

④ 乌鹊桥：在苏州乐桥东南，因吴国八所古馆之一乌鹊馆而得名。

⑤ 虎寺：即虎丘寺。

⑥ 钱唐：即杭州。茂苑：即长洲苑。左思《吴都赋》："佩长洲之茂苑。"本诗借指苏州。

宿 湖 中①

白居易

水天向晚碧沉沉，树影霞光重叠深。
浸月冷波千顷练，苞霜新橘万株金。
幸无案牍何妨醉，纵有笙歌不废吟。
十只画船何处宿？洞庭山脚太湖心②。

【注释】

① 湖：太湖，又名震泽、具区，在苏州城西南，周围三万六千顷，

为我国第三大淡水湖。李吉甫《元和郡县图志》卷二十五："太湖在县西南五十里,《禹贡》谓之震泽,《周礼》谓之具区。湖中有山名洞庭山。"本诗作于宝历元年(825)秋,诗人于本年五月始任苏州刺史。

② 洞庭山:即西山,亦称西洞庭山,在太湖中,岛上有洞山、庭山,故名。

夜泛阳坞入明月湾即事寄崔湖州①

白居易

湖山处处好淹留,最爱东湾北坞头。
掩映橘林千点火,泓澄潭水一盆油。
龙头画舸衔明月,鹊脚红旗蘸碧流。
为报茶山崔太守②,与君各是一家游。

【注释】

① 阳坞:在西山南端,位于石公山之西、明月湾之东,因坞向阳而得名。明月湾:在苏州西山。姚承绪《吴趋访古录》:"在石公山西二里。有大明湾、小明湾,吴王玩月于此。"崔湖州:湖州刺史崔玄亮,白居易好友。本诗作于宝历元年(825)。

② 茶山:湖州长兴之顾渚山,盛产茶叶。

泛太湖书事寄微之①

白居易

烟渚云帆处处通，飘然舟似入虚空。
玉杯浅酌巡初匝，金管徐吹曲未终。
黄夹缬林寒有叶②，碧琉璃水净无风。
避旗飞鹭翩翻白，惊鼓跳鱼拨剌红。
涧雪压多松偃蹇，岩泉滴久石玲珑。
书为故事留湖上③，吟作新诗寄浙东。
军府威容从道盛，江山气色定知同。
报君一事君应羡，五宿澄波皓月中。

【注释】

① 微之：唐代诗人元稹，白居易密友，其诗与白齐名，世称"元白"。本诗作于宝历元年（825），白居易正任苏州刺史，时元稹任越州刺史兼浙东观察使。

② 黄夹缬：形容秋天树木斑斓的色彩。夹缬，染色锦。

③ "书为"句：句下自注："所见胜景，多记在湖中石上。"

正月三日闲行①

白居易

黄鹂巷口莺欲语②,乌鹊河头冰欲销③。
绿浪东西南北水,红栏三百九十桥。
鸳鸯荡漾双双翅,杨柳交加万万条。
借问春风来早晚,只从前日到今朝。

【注释】
① 本诗作于宝历二年(826)春,诗人时任苏州刺史。
② 黄鹂:坊名,苏州六十坊之一,在阊门内。
③ 乌鹊河:因吴国古馆乌鹊馆而得名,河上有乌鹊桥。

题东武丘寺六韵①

白居易

香刹看非远,祇园入始深②。
龙蟠松矫矫,玉立竹森森。
怪石千僧坐,灵池一剑沉。
海当亭两面,山在寺中心。

酒熟凭花劝,诗成倩鸟吟。
寄言轩冕客③,此地好抽簪④。

【注释】

① 武丘寺:即虎丘寺。唐代虎丘寺有东西二寺,白居易另有《夜游西武丘寺八韵》。宝历二年(826)白居易任苏州刺史闲游虎丘时作本诗。

② 祇园:全称为祇树给孤独园,是印度佛教圣地。

③ 轩冕客:指达官贵人。轩冕,古代卿大夫之车服。

④ 抽簪:辞官闲退。簪是古代官员束发正冠的长针,抽簪表示闲居。

武丘寺路①

白居易

自开山寺路,水陆往来频。
银勒牵骄马,花船载丽人。
菱荷生欲遍,桃李种仍新。
好住湖堤上,长留一道春。

【注释】

① 武丘寺路:即山塘街,又称白公堤,白居易任苏州刺史时筑。题下诗人自注:"去年重开寺路,桃、李、莲、荷约种数千株。"可知

本诗作于宝历二年（826），武丘寺路修筑的第二年。

齐云楼晚望，偶题十韵，兼呈冯侍御、周殷二协律①

白居易

潦倒宦情尽，萧条芳岁阑。
欲辞南国去，重上北城看。
复叠江山壮，平铺井邑宽。
人稠过扬府②，坊闹半长安。
插雾峰头没，穿霞日脚残。
水光红漾漾，树色绿漫漫。
约略留遗爱，殷勤念旧欢。
病抛官职易，老别友朋难。
九月全无热，西风亦未寒。
齐云楼北面，半日凭栏干。

【注释】

① 冯侍御：不知名。周殷二协律：即周元范和殷尧藩。本诗作于宝历二年（826）九月，不久，白氏便离任回京。

② 扬府：即扬州。

毛公坛①

白居易

毛公坛上片云闲,得道何年去不还。
千载鹤翎归碧落,五湖空镇万重山。②

【注释】

① 毛公坛:在西山毛公坞,传说为汉武帝时刘根得道处,为道家第四十九福地。范成大《吴郡志》卷九:"根既仙身,生绿毛,人或见之,故曰毛公。今有石坛,在观傍,犹汉物也。"本诗作于宝历元年(825)或二年(826)。

② 五湖:太湖之别称。范成大《吴郡志》卷四十八引张勃《吴录》:"五湖者,太湖之别名。以其周行五百余里,故以五湖为名。"

白云泉①

白居易

天平山上白云泉,云自无心水自闲。
何必奔冲山下去,更添波浪向人间。

【注释】

① 白云泉：在苏州城西天平山上，为吴中第一水。龚明之《中吴纪闻》卷五："天平山有白云泉，虽大旱不竭，或云此龙湫也。"本诗作于宝历元年（825）或二年（826）。

梦苏州水阁寄冯侍御[①]

白居易

扬州驿里梦苏州，梦到花桥水阁头[②]。
觉后不知冯侍御，此中昨夜共谁游？

【注释】

① 本诗写于宝历二年（826），时白居易已离苏州任，在回洛阳途中，于扬州驿站梦回苏州水阁，见到故友冯侍御，有感而作本诗。

② 花桥水阁：范成大《吴郡志》卷十七"桥梁"："乐桥之东北，有花桥。"姚承绪《吴趋访古录》卷三："（戴颙）宅今为北禅寺，唐司勋郎中陆湾尝居之，有花桥水阁。"

过吴门二十四韵①

李 绅

烟水吴都郭,阊门架碧流。
绿杨深浅巷,青翰往来舟②。
朱户千家室,丹楹百处楼。
水光摇极浦,草色辨长洲。
忆作麻衣翠,曾为旅棹游。
放歌随楚老,清宴奉诸侯③。
花寺听莺入,春湖看雁留。
里吟传绮唱,乡语认歈讴。
桥转攒虹饮,波通斗鹢浮。
竹扉梅圃静,水巷橘园幽。
缝堵荒麇苑,穿岩破虎丘。
旧风犹越鼓,余俗尚吴钩④。
故馆曾闲访,遗基亦遍搜。
吹台山木尽⑤,香径佛宫秋。
帐殿菰蒲掩,云房露雾收。
苎萝妖覆灭,荆棘鬼包羞。
风月俄黄绶,经过半白头⑥。
重来冠盖客,非复别离愁⑦。

候火分通陌,前旌驻外邮⑧。

水风摇彩旆,堤柳引鸣驺。

问吏儿孙隔,呼名礼敬修。

顾瞻殊宿昔,语默过悲忧。

义感心空在,容衰日易偷⑨。

还持沧海诏,从此布皇猷。

【作者介绍】

李绅(772—846),唐代诗人,字公垂,无锡(今属江苏)人。元和元年(806)进士及第,历仕国子助教、右拾遗、中书舍人、滁州刺史、寿州刺史、浙东观察使、淮南节度使、中书侍郎同中书门下平章事等。卒谥文肃。著有《追昔游集》。

【注释】

① 李绅多次来游吴郡,本诗作于太和七年(833),时李绅任越州刺史、浙东观察使,赴任时路经苏州,追忆旧事,赋诗记述苏州盛况。

② 青翰:涂青色、饰鸟形的船。

③ "清宴"句:句下自注:"贞元中,余以布衣多游吴郡中。韦夏卿首为知遇,常陪宴席,段平仲、李季何、刘从周、綦毋咸十余辈,日同杯酒。及余以太和七年领镇会稽,则当时宾客、群吏、乐徒、寺僧、里客,无一人存者。至于韦公子,凋丧略尽。"

④ 吴钩:产于吴地形似剑的兵器。

⑤ 吹台:昔日吴王所建的用于乐舞歌吹的高台。

⑥"经过"句：句下自注："元和七年，余以校书郎从役，再至苏州，时范十五传正为郡，而贞元中宾客散落，半已殂谢。及宴，而伶人、酒徒悉往日者。问僧，惟令、起二人，已疾。"

⑦"非复"句：句下自注："太和七年，余镇会稽，刘禹锡为郡，则元和中苏州相识，知与不知，索然皆尽。河柳衰谢，邑居更易，乃甚令威之叹也。"

⑧外邮：城外驿站馆舍。

⑨偷：不知不觉地逝去。

苏州不住遥望武丘、报恩两寺^①

李 绅

秋山古寺东西远，竹院松门怅望同。
幽鸟静时侵径月，野烟消处满林风。
塔分朱雁余霞外，刹对金螭落照中。
官备散寮身却累，往来惭谢二莲宫②。

【注释】

① 太和八年（834），李绅罢浙东观察使职回京，路过苏州，未入城，写下忆念旧游诗六首，本诗即其中之一。报恩寺在苏州支硎山，亦名支硎山寺。

② 莲宫：即佛寺。

白舍人曹长寄新诗，有游宴之盛，因以戏酬①

刘禹锡

苏州刺史例能诗，西掖今来替左司②。
二八城门开道路③，五千兵马引旌旗。
水通山寺笙歌去，骑过虹桥剑戟随。
若共吴王斗百草④，不如应是欠西施。

【作者介绍】

刘禹锡（772—842），唐代诗人，字梦得，洛阳（今属河南）人。贞元九年（793）进士及第，又登博学宏词科。历仕监察御史、屯田员外郎，朗州司马，连、夔、和、苏州刺史，太子宾客等。刘禹锡诗雄浑豪健，有"诗豪"之称，与白居易齐名，世称"刘白"。著有《刘梦得文集》。

【注释】

① 白舍人：白居易曾任中书舍人，官秩清贵，去职后，他人仍以此称之。曹长：唐人郎官相呼为曹长，刘与白先后任郎官，故云。白居易于宝历元年（825）任苏州刺史，到任后将新作寄给刘禹锡，刘禹锡因作本诗酬答。

② 西掖：唐代中书省在西，称为"西台"或"西掖"。左司：指韦应物，他以左司郎中出任苏州刺史。白居易自中书舍人出任苏州刺

史,故梦得称他"替左司"。

③ 二八:左思《吴都赋》:"通门二八,水道陆衢。"李善注引《越绝书》:"水门八,陆门八。"

④ 斗百草:唐时流行的游戏。

生公讲堂①

刘禹锡

生公说法鬼神听,身后堂空夜不扃②。
高座寂寥尘漠漠,一方明月可中庭③。

【注释】

① 生公讲堂:即千人石、千人坐,在虎丘。生公,晋代高僧竺道生,相传他在千人石上讲经,顽石为之点头。本诗作于长庆四年(824)至宝历二年(826)刘禹锡任和州刺史时,诗中描绘他月夜独游虎丘的情景。

② 扃:关闭。

③ 可:正当。中庭:庭中。杨慎《丹铅总录》引此诗作"中亭",后人于千人石边筑"可中亭",均非刘诗本意。

千人坐

崑山王同祖

乾坤開鴻蒙 其精化為石
結根蒸山阿 千年返凝碧
仰視縈星辰 俯窺蔭松柏
寒泉繞其陰 崇丘抗其阨
朝霞皎瑤壇 晴曦耀瓊堓
廣袤盈尋常 砥坦自今昔
生公明心徒 幽玄山業白
杖錫臨鷲峰 安禪慧光爀
誦法祇樹林 靈區尚遺跡
方茲履道者 鎮靜長不斁

《千人座圖》　明·文伯仁繪

游楞伽寺①

许 浑

碧烟秋寺泛湖来,水浸城根古堞摧②。
尽日伤心人不见,石楠花满旧歌台。

【作者介绍】

许浑(788—约860),唐代诗人,字用晦,润州丹阳(今属江苏)人。太和六年(832)进士及第,历仕监察御史、睦州刺史、郢州刺史等。著有《丁卯集》。

【注释】

① 楞伽寺:在上方山上。徐崧、张大纯《百城烟水·吴县》:"楞伽讲寺,立楞伽山顶,俗名上方寺,寺有浮图七级。"
② 城根:指吴城墙根。堞:城上女墙。

楞伽寺

张 祜

楼台山半腹,又此一经行。

树隔夫差苑①，溪连勾践城②。
上坡松径涩，深坐石池清③。
况是西峰顶，凄凉故国情。

【作者介绍】

　　张祜（约792—约853），唐代诗人，字承吉，南阳（今河南邓县）人。屡辟使府，转徙徐、许、池等州及魏博、宣城等地，晚年卜居丹阳，隐居以终。著有《张承吉文集》。

【注释】

　　① 夫差：吴王阖闾之子，阖闾死，夫差嗣立。
　　② 勾践城：又名越城，为越国伐吴时构筑之屯兵处，遗址在今越来溪东。勾践，战国时越王。
　　③ 石池：上方山古迹之一。

怀吴中冯秀才

杜　牧

长洲苑外草萧萧，却算游程岁月遥。
唯有别时今不忘，暮烟秋雨过枫桥。

【作者介绍】

　　杜牧（803—852?），唐代诗人，字牧之，京兆万年（今陕西西安）人。唐文宗大和二年（828）进士及第，历仕淮南节度府掌书记、监察御史，黄、池、睦、湖等州刺史，晚年以考功郎中知制诰，迁中书舍人。杜牧诗情致豪迈，俊爽清丽。著有《樊川集》。

送人游吴

杜荀鹤

君到姑苏见，人家尽枕河。
古宫闲地少，水港小桥多。
夜市卖菱藕，春船载绮罗。
遥知未眠月，乡思在渔歌。

【作者介绍】

　　杜荀鹤（846—904），唐代诗人，字彦之，号九华山人，池州石埭（今安徽石台）人。大顺二年（891）进士及第，历仕主客员外郎、翰林学士。诗风通俗流畅。著有《唐风集》。

胥口即事六言二首①

皮日休

波光杳杳不极,霁景澹澹初斜。
黑蛱蝶粘莲蕊,红蜻蜓袅菱花。
鸳鸯一处两处,舴艋三家五家。
会把酒船隈荻,共君作个生涯。

拂钓清风细丽,飘蓑暑雨霏微。
湖云欲散未散,屿鸟将飞不飞。
换酒帩头把看,载莲艇子撑归。
斯人到死还乐,谁道刚须用机。

【作者介绍】

皮日休(生卒年不详),唐代诗人,字袭美,襄阳竟陵(今湖北天门)人。咸通八年(867)进士及第,被苏州刺史崔璞辟为从事,与陆龟蒙结为诗友,唱酬颇多,陆龟蒙为之编《松陵集》。入京为著作郎,迁太常博士,出为毗陵副使。后入黄巢起义军,任翰林学士。工诗文,与陆龟蒙齐名,世称"皮陆"。著有《皮子文薮》。

【注释】

① 胥口:在木渎镇西十里,出太湖之口,旁有胥山。

馆娃宫怀古五绝[①](选一)

皮日休

绮阁飘香下太湖,乱兵侵晓上姑苏。
越王大有堪羞处[②],只把西施赚得吴。

【注释】

① 馆娃宫:吴王夫差藏越国美女西施处,遗址在灵岩山上。这组诗是皮日休在苏任职期间写的,共五首,这里选录第一首。
② 越王:此指勾践,他献美女西施于吴国。

皋 桥

皮日休

皋桥依旧绿杨中,闾里犹生隐士风[①]。
唯我到来居上馆,不知何道胜梁鸿[②]。

【注释】

① 闾里：里人聚居处。

② 梁鸿：东汉高士，字伯鸾，与妻孟光来苏，依皋桥边皋伯通家。

明 月 湾

皮日休

晚景澹无际，孤舟恣回环。
试问最幽处，号为明月湾。
半岩翡翠巢，望见不可攀。
柳弱下丝网，藤深垂花鬟。
松瘿忽似狖①，石文或如虎②。
钓坛两三处，苔老腥艑斑③。
沙雨几处霁④，水禽相向闲。
野人波涛上，白屋幽深间。
晓培橘栽去，暮作鱼梁还。
清泉出石砌，好树临柴关⑤。
对此老且死，不知忧与患。
好境无处住，好处无境删。
赧然不自适，脉脉当湖山。

【注释】

① 松瘿：松树疙瘩。
② 虦（zhàn）：浅毛虎，又名虦猫。
③ 煸（bān）斑：色彩错杂鲜明。
④ 沙雨：细雨。
⑤ 柴关：柴门。

临顿为吴中偏胜之地，陆鲁望居之。不出郛郭，旷若郊墅，余每相访，欻然惜去。因成五言十首，奉题屋壁①（选三）

皮日休

一方萧洒地，之子独深居。
绕屋亲栽竹，堆床手写书。
高风翔砌鸟，暴雨失池鱼。
暗识归山计，村边买鹿车②。

闭门无一事，安稳卧凉天。
砌下翘饥鹤，庭阴落病蝉。
倚杉闲把易③，烧术静论玄④。
赖有包山客⑤，时时寄紫泉⑥。

缓颊称无利⁷，低眉号不能。
世情都太薄，俗意就中憎。
云态不知骤，鹤情非会征。
画臣谁奉诏，来此写姜肱⁸。

【注释】

① 临顿：范成大《吴郡志》卷九："临顿，旧为吴中胜地，陆龟蒙居之，不出郛郭，旷若郊墅。今城东北有临顿桥。皮、陆皆有诗。"

② 鹿车：人力推挽之小车。应劭《风俗通义》："鹿车窄小，才容一鹿也。"

③ 易：指《易经》。

④ 术：苍术，烧之可以辟邪恶。玄：道家深奥之道。

⑤ 包山客：指住在西山的朋友。

⑥ 紫泉：林屋洞内的泉水。

⑦ 缓颊：婉言相劝。

⑧ "画臣"二句：用《后汉书·姜肱传》故事。东汉姜肱与弟俱以孝行称。肱兄弟遇盗，更相争死，盗感其义而并释之。汉桓帝知肱名，征召入京，不赴。帝遣画工图其状貌，肱称疾以被遮面。诗人借此称赞陆龟蒙之高义。

和胥口即事①

陆龟蒙

雨后山容若动,天寒树色如消。
目送回汀隐隐,心随挂鹿摇摇。
白蒋知秋露裛②,青枫欲暮烟饶。
莫问吴趋行乐,酒旗竿倚河桥。

把钓丝随浪远,采莲衣染香浓。
绿倒红飘欲尽,风斜雨细相逢。
断岸沉渔罢罟③,邻村送客艘舟公。
即是清霜刮野,乘闲莫厌来重。

【作者介绍】

　　陆龟蒙（生卒年不详），唐代诗人，字鲁望，号江湖散人、天随子、甫里先生，吴郡人。举进士不第，遂隐居松江甫里。皮日休为苏州从事，龟蒙与之游，多唱和，龟蒙编成《松陵集》。诗与皮日休齐名，世称"皮陆"。著有《甫里集》。

【注释】

　　① 本诗乃是酬和皮日休《胥口即事六言二首》的作品。

② 白蒋：植物名，菰属，俗名茭白。
③ 罛䍏：诗人自注："约略二音，鱼网也。"

泰 伯 庙①

陆龟蒙

故国城荒德未荒，年年椒奠湿中堂。
迩来父子争天下，不信人间有让王②。

【注释】
① 泰伯庙：又名至德庙，在苏州阊门内下塘，祀吴国始祖泰伯。庙原在阊门外，吴越王钱镠迁建今处，历代重葺，遗迹今存。朱长文《吴郡图经续记》卷中："泰伯庙，在阊门内。旧在门外，汉桓帝时，太守糜豹所建，钱氏移之于内，盖以避兵乱也。"
② 让王：将王位让于他人，此指泰伯之至德。《论语·泰伯》："泰伯，其可谓至德也已矣，三以天下让。"

和袭美咏皋桥

陆龟蒙

横截春流架断虹,凭栏犹思五噫风^①。
今来未必非梁孟^②,却是无人继伯通^③。

【注释】

① 五噫:东汉梁鸿过京师,作《五噫歌》云:"陟彼北邙兮,噫!顾览帝京兮,噫!宫室崔嵬兮,噫!人之劬劳兮,噫!辽辽未央兮,噫!"

② 梁孟:梁鸿与孟光。

③ 伯通:皋伯通,东汉谏议大夫,居于皋桥堍。

◎ 宋　代 ◎

苏 州 诗 咏 >>>

忆旧游寄致仕了倩寺丞①

王禹偁

桥映家家柳，泾通处处莲。
海山微出地，湖水远同天。
草没潮泥上，沙明蟹火然。
应随白太守②，十只洞庭船。

【作者介绍】

王禹偁（954—1001），字元之，济州巨野（今属山东）人。太平兴国八年（983）进士，历仕右拾遗、翰林学士等。著有《小畜集》。

【注释】

① 致仕：辞官归居。了倩寺丞：生平不详，苏州人，当是禹偁任长洲知县时结识的友人。

② 白太守：白居易，他任苏州刺史时，游太湖，作《宿湖中》诗，云："十只画船何处宿，洞庭山脚太湖心。"

《海涌一峰图》 清·张宗苍绘

游虎丘山寺①

王禹偁

寺墙围着碧屪颜②,曾是当年海涌山③。
尽把好峰藏寺里,不教幽境落人间。
剑池草色经冬在,石座苔花自古斑。
珍重晋朝吾祖宅④,一回来此便忘还。

【注释】

① 本诗当是诗人于雍熙元年(984)任长洲知县时作。
② 屪颜:同"峣岩",山岩高峻貌。
③ 海涌山:虎丘山又名海涌山。
④ 吾祖宅:晋王珣兄弟舍宅为寺,诗人与王氏兄弟同姓,故云。

洞庭山①

王禹偁

吴山无此秀,乘暇一游之。
万顷湖光里,千家橘熟时。
平看月上早,远觉鸟归迟。

近古谁真赏,白云应得知。

【注释】

① 洞庭山:指太湖中西山。本诗作于王禹偁任长洲知县时。

太 湖

范仲淹

有浪即山高,无风还练静①。
秋宵谁与期,月华三万顷。

【作者介绍】

范仲淹(989—1052),宋代诗人,字希文,吴县(今江苏苏州)人。大中祥符八年(1015)进士,曾出知苏州,历仕枢密副使、参知政事等,推行新政。著有《范文正公集》。

【注释】

① 练静:用谢朓《晚登三山还望京邑》"澄江静如练"句意。练,素色丝织品。

天平山白云泉

范仲淹

灵泉在天半,狂波不能侵。
神蛟穴其中,渴虎不敢临。
隐照涵秋碧,泓然一勺深。
游润腾云飞,散作三日霖。
天造岂无意,神化安可寻。
挹之如醍醐①,尽得清凉心。
闻之异丝竹,不含哀乐音。
月好群籁息,涓涓度前林。
子晋罢云笙②,伯牙收玉琴③。
徘徊不拟去,复发沧浪吟。
乃云尧汤岁④,盈盈长若今。
万里江海源,千秋松桂阴。
兹焉如有价,北斗量黄金。

【注释】

① 醍醐(tíhú):美酒。

② 子晋:即王子晋,周灵王太子,传说他成为仙人,又名王子乔。

③ 伯牙：春秋时人，善鼓琴，好友钟子期知其琴意，子期死后，伯牙终身不再鼓琴。事见《吕氏春秋·本味》。

④ 尧汤岁：尧和汤的年代。尧，传说中的古代帝王陶唐氏之号，亦称唐尧；汤，商王朝的建立者。两人都是古代的圣明之君。

沧浪亭①

欧阳修

子美寄我沧浪吟②，邀我共作沧浪篇。
沧浪有景不可到，使我东望心悠然。
荒湾野水气象古，高林翠阜相回环。
新篁抽笋添夏影，老枿乱发争春妍。
水禽闲暇事高格，山鸟日夕相啾喧。
不知此地几兴废，仰视乔木皆苍烟。
堪嗟人迹到不远，虽有来路曾无缘。
穷奇极怪谁似子，搜索幽隐探神仙。
初寻一径入蒙密，豁目异境无穷边。
风高月白最宜夜，一片莹净铺琼田。
清光不辨水与月，但见空碧涵漪涟。
清风明月本无价，可惜只卖四万钱。
又疑此境天乞与，壮士憔悴天应怜。

鸱夷古亦有独往③,江湖波涛渺翻天。
崎岖世路欲脱去,反以身试蛟龙渊④。
岂如扁舟任飘兀,红蕖渌浪摇醉眠。
丈夫身在岂长弃,新诗美酒聊穷年。
虽然不许俗客到,莫惜佳句人间传。

【作者介绍】

欧阳修(1007—1072),宋代诗人,字永叔,号醉翁、六一居士,庐陵永丰(今属江西)人。天圣八年(1030)进士,屡因直言遭贬,历仕滁州知州、翰林学士、枢密副使、参知政事、兵部尚书,卒赠太子太师,谥文忠。工诗文,为"唐宋八大家"之一,与宋祁合修《新唐书》。著有《欧阳修集》。

【注释】

① 沧浪亭:苏舜钦寓苏时所建,详见后文苏舜钦《初晴游沧浪亭》注。

② 沧浪吟:指苏舜钦之《沧浪静吟》。

③ 鸱夷:指范蠡。独往:隐退。

④ 蛟龙渊:指苏舜钦《上集贤文相书》一文所谓"构陷者"所设的政治陷阱。

天平山①

苏舜钦

吴会括众山②,戢戢不可数③。
其间号天平,突兀为之主。
杰然镇西南,群岭争拱辅。
吾知造物意,必以屏大府。
清溪至其下,仰视势飞舞。
伟石如长人,竖立欲言语。
扪萝缘险磴,烂熳松竹古。
中腰有危亭,前对绀壁举。
石窦落玉泉,泠泠四时雨。
源生白云间,颜色若粉乳。
旱年或播洒,润可足九土④。
奈何但泓澄,未为应龙取⑤。
予方弃尘中⑥,岩壑素自许。
盘桓择雄胜,至此快心膂⑦。
庶得耳目清,终甘死于虎⑧。

【作者介绍】

　　苏舜钦(1008—1048),字子美,梓州铜山(今四川中江)人,迁居开封。景祐元年（1034）进士，历仕大理评事、湖州长史。庆历五年（1045），流寓苏州，筑沧浪亭。著有《苏舜钦集》。

【注释】

① 天平山：在苏州城西，灵岩山北，山高而顶平，故名。

② 吴会：吴郡和会稽郡的合称。

③ 戢戢：聚集。

④ 九土：九种地形、土质。

⑤ 应龙：神话中有翼的龙，以尾划地，即成江河。

⑥ "予方"句：指保守派借故诬陷、打击苏舜钦，将他削职为民一事。

⑦ 膂：脊梁骨。

⑧ 虎：喻压制、迫害自己的人。

过 苏 州

苏舜钦

东出盘门刮眼明①，萧萧疏雨更阴晴。

绿杨白鹭俱自得，近水远山皆有情。

万物盛衰天意在，一身羁苦俗人轻。

无穷好景无缘住，旅棹区区暮亦行。

【注释】

① 盘门：苏州西南城门，旧称蟠门，有水陆二门。

望太湖

苏舜钦

杳杳波涛阅古今，四无边际莫知深。
润通晓月为清露，气入霜天作暝阴。
笠泽鲈肥人脍玉[①]，洞庭柑熟客分金。
风烟触目相招引，聊为停桡一楚吟[②]。

【注释】

① 笠泽：吴淞江的别称。
② 楚吟：以屈原放逐后行吟泽畔自比，抒写愤懑心情。

初晴游沧浪亭[①]

苏舜钦

夜雨连明春水生，娇云浓暖弄阴晴。
帘虚日薄花竹静，时有乳鸠相对鸣。

【注释】

① 沧浪亭：在苏州城南孔庙东，原为五代孙承祐之池馆。苏舜钦流寓苏州后，以四万钱购得，修缮增葺，号为"沧浪亭"，撰《沧浪亭记》描写其胜概。

虎丘寺

苏 轼

入门无平田，石路细穿岭。
阴风生涧壑，古木翳潭井。
湛卢谁复见①？秋水光耿耿。
铁花秀岩壁，杀气噤蛙黾②。
幽幽生公堂③，左右立顽矿④。
当年或未信，异类服精猛。
胡为百岁后，仙鬼互驰骋⑤？
窈然留清诗，读者为悲哽。
东轩有佳致⑥，云水丽千顷。
熙熙览生物，春意破凄冷。
我来属无事，暖日相与永。
喜鹊翻初旦，愁鸢蹲落景。
坐见渔樵还，新月溪上影。

悟彼良自咍⑦，归田行可请。

【作者介绍】

苏轼（1037—1101），宋代诗人，字子瞻，号东坡居士，眉州眉山（今属四川）人。嘉祐二年（1057）进士，历仕翰林学士、礼部尚书等。与父苏洵、弟苏辙并称"三苏"，为"唐宋八大家"之一。擅诗，风格雄健清新。著有《东坡七集》。

【注释】

① 湛卢：宝剑名，越国欧冶子所造五剑之一，传说此剑后来陪葬于阖闾墓中。

② 黾（měng）：金线蛙。

③ 生公堂：晋代高僧竺道生讲经说法之处。

④ 顽矿：顽石。

⑤ 仙鬼：指唐代清远道士和幽独君。清远道士以神仙自谓，有《同沈恭子游虎丘寺有作》诗，见龚明之《中吴纪闻》。又，《姑苏志》载，大历十二年（777），虎丘寺有鬼题诗二首，莫知姓名，人称"幽独君"。

⑥ 东轩：指致爽阁之东轩。

⑦ 咍（hāi）：欢笑，快乐。楚人谓相笑为咍。

吴江垂虹亭作①

米 芾

断云一片洞庭帆,玉破鲈鱼霜破柑。
好作新诗继桑苎②,垂虹秋色满东南。

【作者介绍】

米芾(1051—1107),初名黻,字元章,世居太原,迁襄阳,后定居镇江。徽宗召为书画学博士,官礼部员外郎。能诗文,擅书画。著有《山林集》。

【注释】

① 垂虹亭:吴江垂虹桥,在城东,跨吴淞江,面临太湖,有亭,名垂虹亭。桥又名利往桥、长桥。朱长文《吴郡图经续记》卷中:"吴江利往桥……前临具区,横截松陵,湖光海气,荡漾一色,乃三吴之绝景也……桥有亭,曰垂虹。"
② 桑苎:即陆羽,字鸿渐,号竟陵子、桑苎翁,复州竟陵(今湖北天门)人。精茶道,著《茶经》。

太湖上绝句

张 耒

风荡云容不成雪,柳偷春色放冲寒。
湖边艇子冲烟去,天畔青山隔雨看。

【作者介绍】

张耒(1054—1114),宋代诗人,字文潜,号柯山,楚州淮阴(今属江苏)人,与黄庭坚、秦观、晁补之并称"苏门四学士"。著有《张右史文集》。

过枫桥寺示迁老三首[①](选一)

孙 觌

白首重来一梦中[②],青山不改旧时容。
乌啼月落桥边寺,欹枕犹闻半夜钟。

【作者介绍】

孙觌(dí)(1081—1169),宋代诗人,字仲益,号鸿庆居士,晋陵(今江苏常州)人。大观三年(1109)进士,历仕平江知府、吏部、户部尚书,晚年隐于太湖畔。著有《鸿庆居士集》。

【注释】

① 迁老:普明禅院僧。
② 重来:诗人曾于建炎二年(1128)任平江知府,本诗作于晚年隐居太湖湖滨时,故曰"重来"。

游洞庭山

李弥大

昔白乐天为姑苏太守,游洞庭山,题诗翠峰寺①,有"笙歌画舟"之句。绍兴壬子②,弥大守平江③,阅月而罢。片帆来游,首访翠峰,追怀古昔,拟乐天体,聊继其韵。时异事别,各遂所适之乐尔。

山浮群玉碧空沉,万顷光涵几许深。
梵刹楼台嘘海蜃,洞天日月浴丹金。
秋林结绿留连赏,春坞藏红次第吟。
拟泛一舟追范蠡,从来世味不关心。

【作者介绍】

李弥大(生卒年不详),宋代诗人,字似钜,号无碍居士,吴县

（今江苏苏州）人。崇宁五年（1106）进士，历仕淮宁、静江、平江知府，户部、工部尚书，晚年辞官隐居于西山林屋洞附近。

【注释】

① 翠峰寺：在洞庭东山。
② 绍兴壬子：宋高宗绍兴二年（1132）。
③ 平江：宋代吴郡改称平江府。绍兴二年，李弥大任平江知府，游洞庭山，追随白居易文采风流而赋本诗。

宿枫桥①

陆 游

七年不到枫桥寺②，客枕依然半夜钟。
风月未须轻感慨，巴山此去尚千重。

【作者介绍】

陆游（1125—1210），宋代诗人，字务观，号放翁，山阴（今浙江绍兴）人。孝宗时，赐进士出身，历仕镇江通判、夔州通判、宝章阁待制。工诗，诗篇充满爱国热情。著有《剑南诗稿》。

【注释】

① 陆游于乾道六年（1170）赴夔州通判任，六月路过苏州，因

《寒山晓钟图》
清·张宗苍绘

病未入城,宿枫桥寺前,因作本诗以寄慨。见陆游《入蜀记》。

② 枫桥寺:即普明禅院。

半　塘①

范成大

柳暗阊门逗晓开,半塘塘下越溪回②。
炊烟拥柁船船过,芳草缘堤步步来。

【作者介绍】

范成大(1126—1193),宋代诗人,字致能,号石湖居士,平江府(今江苏苏州)人。绍兴二十四年(1154)进士,历仕吏部员外郎、处州知府、起居舍人、中书舍人、参知政事等。晚年退居石湖。他与陆游、杨万里、尤袤并称"南宋四大家"。著有《范石湖集》。

【注释】

① 半塘:阊门外山塘街,长七里,一半处称半塘,有半塘桥。姚承绪《吴趋访古录》卷三:"自大津桥下塘至虎丘,延亘七里,旧名白公堤,约三里半为半塘,自此至山麓,红栏碧榭、绿波画舫相映发,为游赏胜地。"

② 越溪:即越来溪,经横山下,与石湖连通。

横 塘[①]

范成大

南浦春来绿一川,石桥朱塔两依然。
年年送客横塘路,细雨垂杨系画船。

【注释】

① 横塘:水名,在苏州城西南,越来溪和胥江在此交汇。旧有普福桥,桥上有亭,题曰"横塘古渡",今已毁。徐崧、张大纯《百城烟水》:"横塘,去盘门西五里,为游湖入山之路。"

胥 口[①]

范成大

扁舟拍浪信西东,何处孤帆万里风。
一雨快晴云放树,两山中断水粘空。

【注释】

① 胥口:地名,在苏州西南木渎镇西,胥江由此流入太湖。

包山寺①

范成大

仙坞逊半坐,精庐迁古幢。
槁衲昔开山②,至今坐道场。
炽然说慈忍③,禅海熏戒香④。
稚竹暗寒碧,飞松盘老苍⑤。
船鼓入宴坐⑥,红尘隔沧浪。
藤杖懒归去,共倚蒲团床。

【注释】

① 包山寺:即福源寺,在西山罗汉山,梁大同二年(536)建,唐代上元年间改称包山寺。至宋,已成废院。靖康间,怀深禅师重建。诗人自注:"在毛公坛前别峰下,慈受、深老所作。深老入山时,手植二林,今遂成林。"

② 槁衲:指包山寺开山僧怀深。

③ 慈忍:佛教宣扬的宗旨。

④ 戒香:和尚受戒时所焚之香。

⑤ 飞松:诗人自注:"山上松多非种植,风吹松子自成,谓之飞松。"

⑥ "船鼓"句:描写船宴的景况。唐宋时代,豪家常在船上举行宴会,吴地至今还盛行船宴。

林屋洞[1]

范成大

击水抟风浪雪翻,烟销日出见仙村。
旧知浮玉北堂路[2],今到幽墟三洞门[3]。
石燕翩飞遮炬火,金笼深阻护嵌根。
宝钟灵鼓何须叩,庭柱宵晨已默存[4]。

【注释】

① 林屋洞:位于苏州西山东部,为石灰岩溶洞,洞内柱石成林,顶平如屋,故称林屋洞。传说古代有龙居于洞中,俗称"龙洞"。据道教经典记载,天下有三十六洞天,著名的有"十大洞天",林屋洞为第九洞天,称为"左神幽虚洞天"。

② 浮玉北堂:西山著名风景区石公山上之厅堂名。

③ 三洞:林屋洞原有丙洞、雨洞、旸谷洞。

④ "宝钟"二句:宝钟、灵鼓,即石钟、石鼓。庭柱,即金庭、玉柱。均林屋洞中景物。

缥缈峰①

范成大

满载清闲一棹孤,长风相送入仙都。
莫愁怀抱无消豁,缥缈峰头望太湖。

【注释】

① 缥缈峰为西山主峰,诗题下有诗人自注:"西山最高峰。"徐崧、张大纯《百城烟水·苏州》:"缥缈峰,最高,登其巅,则吴越诸山隐隐在目。"

消夏湾①

范成大

蓼矶枫渚故离宫②,一曲清涟九里风③。
纵有暑光无着处,青山环水水浮空。

【注释】

① 消夏湾:在西山明月湾之西,介于梭山与龙头山之间。诗人于题下自注:"吴王避暑处,平湖循山,一湾云水胜绝。"

② 离宫：吴王夫差曾于消夏湾筑宫避暑。
③ 九里：消夏湾阔三里，长九里。

自横塘桥过黄山①

范成大

阵阵轻寒细马骄，竹林茅店小帘招。
东风已绿南溪水，更染溪南万柳条。

【注释】

① 黄山：在横塘镇西，俗称笔格山。《姑苏志》卷九："黄山，在茶磨山北四里，胥塘之北，诸峰高下相连，俗称笔格山。"

咏吴中二灯①

范成大

琉 璃 球②

龙综缫冰茧，鱼文镂玉英。
雨丝风外绉，云网日边明。

叠晕重重见,分光面面呈。
不深闲里趣,争识个中情?

万眼罗③

弱骨千丝结,轻球万锦装。
彩云笼月魄,宝气绕星芒。
檀点红娇小,梅妆粉细香。
等闲三夕看④,消费一年忙!

【注释】

① 吴中二灯:宋代元宵节吴中灯市极盛,范成大《上元纪吴中节物俳谐体三十二韵》描述吴中灯彩数十种,而以琉璃球和万眼罗两灯为最佳。范成大《吴灯两品最高》云:"镂冰影里百千光,剪彩球中一万窗。"其指就是这两种灯彩。

② 琉璃球:灯名。范成大《上元纪吴中节物俳谐体三十二韵》有"千隙玉虹明"。诗人自注:"琉璃球灯每一隙映成一花,亦妙天下。"

③ 万眼罗:灯名。范成大《上元纪吴中节物俳谐体三十二韵》有"万窗花眼密"。诗人自注:"万眼灯以碎罗红白相间砌成,工夫妙天下,多至万眼。"

④ 三夕:宋代元宵节吴地放灯三夜。

四时田园杂兴① （选六）

范成大

寒食花枝插满头②，蒨裙青袂几扁舟。
一年一度游山寺，不上灵岩即虎丘。

三旬蚕忌闭门中③，邻曲都无步往踪。
犹是晓晴风露下，采桑时节暂相逢。

昼出耘田夜绩麻，村庄儿女各当家。
童孙未解供耕织，也傍桑阴学种瓜。

采菱辛苦废犁锄，血指流丹鬼质枯④。
无力买田聊种水，近来湖面亦收租⑤。

中秋全景属潜夫⑥，棹入空明看太湖。
身外水天银一色，城中有此月明无？

新霜彻晓报秋深，染尽青林作缬林⑦。
惟有橘园风景异，碧丛丛里万黄金。

【注释】

① 宋淳熙十三年（1186），范成大在石湖写下《四时田园杂兴》六十首，这里选录六首。

② "寒食"句：唐宋时代，扫墓在寒食节，吴俗亦然，妇女有簪荠菜花、插柳枝的风俗。

③ 三旬蚕忌：养蚕时节，忌陌生人进门。顾禄《清嘉录》卷四："环太湖诸山，乡人比户，蚕桑为务。三、四月为蚕月，红纸黏门，不相往来，多所禁忌。"

④ 鬼质：形容人瘦得像鬼。

⑤ 湖面亦收租：袁景澜《采菱词》："莫道烟波无赋税，近来湖面课租钱。"

⑥ 潜夫：隐士，诗人自谓。

⑦ 缬林：夹缬林，林中树叶色彩斑斓如夹缬。

虎丘六绝句（选四）

范成大

点头石①

当年挥麈讲何经②？赚得坚顽侧耳听。
我自吟诗无法说，石头莫作定盘星③。

白莲池④

碧泓白石偃樛枝,爱水嫌风老更低。
潭影中间龙影卧,一山好处没人题。

剑 池

石罅泓渟剑气潜⑤,谁将楼阁苦庄严。
只知暖热游人眼,不道苍藤翠木嫌。

致爽阁⑥

碧嶂横陈似断鳌,画阑相对两雄豪。
东轩只有云千顷,不似西山爽气高。

【注释】

① 点头石:徐崧、张大纯《百城烟水·苏州》:"点头石,异僧竺道生讲经于此,人无信者,乃聚石为徒,与谈般若,石皆点头。"

② 麈(zhǔ):麈尾,俗称拂尘。

③ 定盘星:戥子和秤上的第一星称为定盘星,喻指万事的准绳。

④ 白莲池:虎丘五十三参下的水池,池中有点头石,传说生公说法时,池中生千叶莲花,因名。

⑤ 泓渟:水深静貌。

⑥ 致爽阁:虎丘山上阁名。姚承绪《吴趋访古录》卷三:"致爽阁,在法堂后。四山爽气,日夕西来,故名。"

晚入盘门[①]

范成大

人语嘲喧晚吹凉,万窗灯火转河塘。
两行碧柳笼官渡,一簇红楼压女墙。
何处采菱闻度曲,谁家拜月认飘香[②]。
轻裘骏马慵穿市,困倚蒲团入睡乡。

【注释】

① 盘门:在苏州城西南,苏州八门之一。陆广微《吴地记》:"盘门,古作蟠门,尝刻木作蟠龙,以此镇越。又云:水陆相半,沿洄屈曲,故曰盘门。又云,吴大帝蟠龙,故名。"

② 拜月:吴地七夕有拜月乞巧的习俗。

立秋后二日泛舟越来溪三绝

范成大

西风初入小溪帆,旋织波纹绉浅蓝。
行入闹荷无水面[①],红莲沉醉白莲酣。

一川新涨熨秋光,挂起篷窗受晚凉。
杨柳无穷蝉不断,好风将梦过横塘。

饭后茶前困思生,水宽风稳信篙撑。
不知浪打船头响,听作凌波解佩声②。

【注释】
① 闹荷:荷叶茂密浓盛貌。
② 凌波:用曹植《洛神赋》"凌波微步"句意。解佩:用《列仙传》所载江妃解佩赠郑交甫的故事。

自阊门骑马入越城①

范成大

日影穿云亦未浓,夜来疏雨洗清空。
村前村后东风满,略数桃花一万重。

断桥陨岸数家村,雨少晴多减涨痕。
雪白鹅儿绿杨柳,日高犹自掩柴门。

《范成大照田蚕行图》 清·陈士俊绘

【注释】

① 越城：在苏州胥门外。范成大《吴郡志》卷八："越城，在胥门外。越代吴，吴王在姑苏，越筑此城以逼之。城堞仿佛具在。"

腊月村田乐府十首①（选二）

范成大

冬舂行②

腊中储蓄百事利，第一先舂年计米。
群呼步碓满门庭，运杵成风雷动地。
筛匀箕健无粃糠，百斛只费三日忙。
齐头圆洁箭子长，隔箩耀日雪生光。
土仓瓦龛分盖藏，不蠹不腐常新香。
去年薄收饭不足，今年顿顿炊白玉。
春耕有种夏有粮，接到明年秋刈熟。
邻叟来观还叹嗟，贫人一饱不可赊。
官租私债纷如麻，有米冬春能几家。

照田蚕行③

乡村腊月二十五，长竿然炬照南亩。
近似云开森列星，远如风起飘流萤。

今春雨雹茧丝少,秋日雷鸣稻堆小。
侬家今夜火最明,的知新岁田蚕好。
夜阑风焰西复东,此占最吉余难同④:
不惟桑贱谷芃芃⑤,仍更苎麻无节菜无虫!

【注释】

① 腊月村田乐府:范成大居石湖时,往来田家,得腊月农家风俗十事,一事一诗,赋十诗,号"村田乐府"。今选其二。

② 冬舂行:范成大《腊月村田乐府十首》诗前序云:"其一《冬舂行》,腊日舂米为一岁计,多聚杵臼,尽腊中毕事,藏之土瓦仓中,经年不坏,谓之冬舂米。"

③ 照田蚕行:范成大《腊月村田乐府十首》诗前序云:"其七《照田蚕词》,与烧火盆同日,村落则以秃帚若麻秸竹枝辈燃火炬,缚长竿之杪以照田,烂然遍野,以祈丝谷。"

④ "此占"句:此用韩愈《谒衡岳庙遂宿岳寺题门楼》:"云此最吉余难同。"

⑤ 芃芃:草木茂盛貌。

念奴娇

和徐尉游石湖①

范成大

湖山如画,系孤篷柳岸,莫惊鱼鸟。料峭春寒花未遍,先共疏梅索笑②。一梦三年,松风依旧,萝月何曾老。邻家相问,这回真个归到。　　绿鬓新点吴霜③,樽前强健,不怕衰翁号。赖有风流车马客,来觅香云花岛。似我粗豪,不通姓字,只要银瓶倒④。奔名逐利,乱帆谁在天表?

【注释】

① 徐尉:徐似道。洪武《苏州府志》卷二十五《徐似道传》:"徐似道,字渊子,天台人。早负才名,为吴江尉,受知范成大。"本词作于乾道八年(1172)秋,时范成大正闲居在家,与徐似道、崔敦礼游石湖,赋本词。

② "先共"句:用杜甫《舍弟观赴蓝田取妻子到江陵喜寄》"巡檐索共梅花笑"句意。

③ "绿鬓"句:用李贺《还自会稽歌》"吴霜点归鬓"句意。

④ "似我粗豪"三句:杜甫《少年行》:"马上谁家白面郎,临阶下马坐人床。不通姓字粗豪甚,指点银瓶索酒尝。"

念奴娇①

范成大

吴波浮动,看中流翻月②,半江金碧。醉舞空明三万顷,不管姮娥愁寂。指点琼楼,凭虚有路,鲸背横东极。水云飘荡,阑干千丈无力。　　家世回首沧洲,烟波渔钓③,有鸱夷仙迹④。一笑闲身游物外,来访扁舟消息。天上今宵,人间此地,我是风前客。涛生残夜,鱼龙惊听横笛⑤。

【注释】

① 本词作年难以确知,当作于范成大闲居苏州时,由词中"醉舞空明三万顷"句,可知本词写太湖景色,发旷达之豪情。

② 中流翻月:用杜甫《宿江边阁》"孤月浪中翻"句意。

③ 烟波渔钓:颜真卿《浪迹先生元真子张志和碑铭》:"既而亲丧,无复宦情,遂扁舟重纶,逐三江,泛五湖,自谓烟波钓徒。"石湖正用张志和事以自喻。

④ 鸱夷仙迹:鸱夷即鸱夷子皮,范蠡在越国平吴后便泛舟五湖,出海到齐国,自称鸱夷子皮。石湖引范氏"仙迹"以为荣。

⑤ "鱼龙"句:《列子·汤问》:"瓠巴鼓琴而鸟舞鱼跃。"李贺《李凭箜篌引》:"老鱼跳波瘦蛟舞。"石湖用其诗意,改"鼓琴""闻箜篌"写鱼龙闻笛声而欢舞。

泊船百花洲登姑苏台①

杨万里

二月尽头三月初,系船杨柳拂菰蒲。
姑苏台上斜阳里,眼度灵岩到太湖。

【作者介绍】

杨万里(1127—1206),宋代诗人,字廷秀,号诚斋,吉州吉水(今属江西)人。绍兴二十四年(1154)进士,历仕太常丞、尚书左司郎兼太子侍读、秘书监、江东转运副使等。与陆游、范成大、尤袤齐名,世称"南宋四大家"。著有《诚斋集》。

【注释】

① 百花洲:在苏州胥门里河西城下,城上有姑苏台。此台不同于姑苏山上的姑苏台。宋光宗绍熙元年(1190),杨万里任金国贺正旦使接伴使,路过苏州,作本诗。

从范至能参政游石湖精舍坐间走笔[①]

杨万里

震泽分波入[②],垂虹隔水看[③]。
何须小风起,生怕牡丹寒。
政坐诸峰好[④],端令落笔难[⑤]。
催人理归棹,落日许无端?

【注释】

① 范至能:即范成大。参政,范成大官至参知政事。范成大依越来溪筑石湖别墅,即石湖精舍。诗人来访范成大,因赋本诗。

② 震泽:太湖的别称。

③ 垂虹:桥名,即利往桥,在吴江城外。

④ 政:同"正"。坐:因为。

⑤ 端:确实。

枫 桥

张孝祥

四年忽忽两经过,古岸依然窣堵波[①]。

借我绳床消午暑,乱蝉鸣处竹阴多。

【作者介绍】

张孝祥(1132—1170),宋代词人,字安国,号于湖居士,乌江(今安徽和县)人。绍兴进士,历仕中书舍人、直学士院、建康留守、湖北路安抚使等。工诗词。著有《于湖集》。

【注释】

① 窣堵波:佛塔的梵文音译,即普明禅院塔。

除夜自石湖归苕溪^①(其七)

姜　夔

笠泽茫茫雁影微②,玉峰重叠护云衣③。
长桥寂寞春寒夜④,只有诗人一舸归。

【作者介绍】

姜夔(1155—1221),字尧章,自号白石道人,鄱阳(今属江西)人。一生不曾仕宦,常依他人周济。善诗词,早年学江西派,后受晚唐诗风影响,又受宋杨万里的熏陶。词风清空,讲究乐律,能自度曲。著有《白石道人诗集》《白石道人歌曲》。

【注释】

① 苕溪:指湖州,境内有苕溪。
② 笠泽:吴淞江。
③ 玉峰:积雪未消的山峰。
④ 长桥:指重虹桥。姜夔《庆宫春》词序:"绍熙辛亥除夕,予别石湖归吴兴,雪后夜过垂虹,尝赋诗云:'(略)'。"

点绛唇

丁未冬过吴松作①

姜　夔

燕雁无心,太湖西畔随云去。数峰清苦,商略黄昏雨。
第四桥边②,拟共天随住③。今何许,凭阑怀古,残柳参差舞。

【注释】

① 丁未:宋孝宗淳熙十四年(1187)。本年春,姜夔由杨万里介绍往见范成大。冬,姜夔又去石湖,经吴松作本诗。
② 第四桥:即甘泉桥,在吴江城外。乾隆《苏州府志》卷二十:"甘泉桥一名第四桥,以泉品居第四也。"
③ 天随:即陆龟蒙,自号天随子。姜夔素来仰慕其人德行、诗品,常以陆龟蒙自比,如其《除夜自石湖归苕溪》(其五):"三生定是陆天随。"

八声甘州

灵岩陪庾幕诸公游①

吴文英

渺空烟四远,是何年、青天坠长星?幻苍崖云树,名娃金屋,残霸宫城。箭径酸风射眼②,腻水染花腥。时靸双鸳响③,廊叶秋声。　宫里吴王沉醉,倩五湖倦客④,独钓醒醒。问苍波无语,华发奈山青。水涵空⑤、阑干高处,送乱鸦、斜日落渔汀。连呼酒、上琴台去⑥,秋与云平。

【作者介绍】

吴文英(约1212—1272),宋代词人,字君特,号梦窗,四明(今浙江宁波)人。绍定五年(1232)起,为苏州仓司幕僚,平生以幕府清客往来于江、浙间。知音律,能自度曲,擅填词。著有《梦窗词》。

【注释】

① 庾幕:即仓幕。宋于各路设提举常平司,简称仓司。吴文英所任为浙西仓司幕僚,衙门在苏州。

② 箭径:采香径直如箭,故名。酸风射眼:用李贺《金铜仙人辞汉歌》"东关酸风射眸子"句意。

③ 靸:作动词用,有拖、穿着的意思。

④ 五湖倦客：指范蠡。
⑤ 涵空：灵岩寺有涵空阁。
⑥ 琴台：在灵岩山顶。

金缕曲①

陪履斋先生沧浪看梅

吴文英

乔木生云气。访中兴英雄陈迹②，暗追前事。战舰东风悭借便③，梦断神州故里④。旋小筑吴宫闲地。华表月明归夜鹤⑤，叹当时花竹今如此。枝上露，溅清泪。　　遨头小簇行春队⑥，步苍苔、寻幽别坞，看梅开未。重唱梅边新度曲，催发寒梢冻蕊。此心与东君同意⑦。后不如今今非昔⑧，两无言、相对沧浪水。怀此恨，寄残醉。

【注释】

① 金缕曲：即贺新郎，词牌名。履斋，即吴潜，宋代词人，字毅夫，号履斋，宣州宁国（今属安徽）人。嘉定十年（1217）进士第一，历仕知建昌军、平江知府、左丞相。著有《履斋遗集》。吴潜在嘉熙元年（1237）八月至二年正月来苏任职，本词当作于嘉熙二年正月。吴潜有《贺新郎·吴中韩氏沧浪亭和吴梦窗韵》词，即是奉和吴

文英这首词的。

② 中兴英雄：指韩世忠。陈迹：沧浪亭在南宋初年为韩世忠的居处。

③ 战舰东风：用三国孙权、刘备联手，火烧赤壁，战败曹操的典故，暗写韩世忠在黄天荡战败金兀术事。悭：吝啬。

④ 故里：韩世忠的故乡在延安。

⑤ "华表"句：丁令威学道成仙后，化成鹤归辽东，停在华表上，说："有鸟有鸟丁令威，去家千岁今始归。城郭如故人民非，何不学仙冢累累。"事见《搜神后记》。

⑥ 邀头：指太守，即吴潜，时任平江知府。行春：太守于春日出巡，劝百姓勤力农桑。

⑦ 东君：司春之神。

⑧ "后不如今"句：由《汉书·京房传》"臣恐后之视今，犹今之视前也"化出。

八声甘州

姑苏台和施芸隐韵①

吴文英

步晴霞倒影，洗闲愁、深杯艳风漪。望越来清浅②，吴歈杳霭③，江雁初飞④。辇路凌空九险⑤，粉冷濯妆池⑥。歌舞烟霄顶，乐景沉晖。　　别是青红阑槛，对女墙山色，碧潋宫眉，问当时游鹿⑦，应笑古台非。有谁招、扁舟渔隐？但寄情、西子却题诗。闲风月、暗销磨尽，浪打鸥矶。

【注释】

① 姑苏台：在苏州西南三十里姑苏山上，吴王阖闾建。施芸隐：即施枢，字知言，号芸隐，梦窗友人，著有《芸隐横舟稿》。本词为和韵之作，当同在苏州时作。

② 越来：溪名，在横山东，相传越师伐吴自此入。范成大《吴郡志》卷八："越来溪，在越城东南，与石湖通，溪流贯行春及越溪二桥，以入横塘，清澈可鉴。越兵自此溪来入吴，故以名。"

③ 吴歈：吴歌。

④ 江雁初飞：用杜牧《九日齐山登高》"江涵秋影雁初飞"句意。

⑤ 辇路：帝王车驾经过的道路，这里指登姑苏台之路。九险：自山麓登姑苏台有九曲路。

⑥ 濯妆池：即香池溪，吴王宫女于此濯妆。

⑦ 游鹿：《史记·淮南衡山列传》："（子胥）乃曰：'臣今见麋鹿游姑苏之台也。'"

齐天乐

齐云楼

吴文英

凌朝一片阳台影①,飞来太空不去。栋与参横,帘钩斗曲②,西北城高几许。天声似语③。便阊阖轻排④,虹河平溯。问几阴晴,霸吴平地谩今古。　　西山横黛瞰碧,眼明应不到,烟际沉鹭。卧笛长吟,层霾乍裂,寒月溟蒙千里⑤。凭虚醉舞,梦凝白阑干,化为飞雾⑥。净洗青红,骤飞沧海雨。

【注释】

① 阳台:用宋玉《神女赋》语,借指齐云楼。

② 参、斗:星宿名。

③ 天声似语:语出李清照《渔家傲》"闻天语,殷勤问我归何处"。

④ 阊阖:天门。屈原《离骚》:"吾令帝阍开关兮,倚阊阖而望予。"

⑤ 溟蒙:幽晦貌。

⑥ 飞雾:状飞云,暗寓楼阁名,宋治平年间,裴煜改楼名为"飞云阁"。

过太湖

翁 卷

水跨三州地①,苏州水最多。
昔年僧为说,今日自经过。
亡国岂无恨,渔人休更歌。
洞庭山一抹,翠霭白云和②。

【作者介绍】

翁卷(生卒年不详),宋代诗人,字续古,一字灵舒,永嘉(今属浙江)人。他的诗与同时代的字灵晖的徐照、号灵渊的徐玑、号灵秀的赵师秀齐名,四人合称"四灵"。著有《西岩集》《苇碧轩集》。

【注释】

① 三州:指环太湖的苏州、常州、湖州。
② 和:色调和谐。

《洞庭春色图》　明·文伯仁绘

宿半塘寺[①]

郑思肖

一襟清气足,此夜岂人寰。
醉影松杉下,吟身风露间。
秋悬当殿月,云宿近城山。
明发骑鲸去[②],飘然不可攀。

【作者介绍】

郑思肖(1241—1318),宋代诗人,字所南,一字忆翁,连江(今属福建)人。宋亡后隐于苏州城南报国寺。工诗善画,画兰不带根、土。著有《一百二十图诗集》。

【注释】

① 半塘寺:即寿圣教寺,原名法华院,因地处山塘街半塘而得名。姚承绪《吴趋访古录》卷三:"寿圣寺稚儿塔,在彩云里半塘中,晋道生法师童子能诵《法华经》,死葬此。"
② 骑鲸:隐遁避世。语出扬雄《羽猎赋》:"乘巨鳞,骑鲸鱼。"

◎ 元 代 ◎

苏 州 诗 咏 >>>

朝中措
虎丘怀古

善 住

芳塘水满绿杨风,台殿隐朦胧。几度春来幽径,马蹄踏碎残红。　寂寥广坐①,尘埃漠漠,客散堂空。讲台雨苔侵遍,九原谁起生公②?

【作者介绍】

善住(生卒年不详),元吴郡诗僧,字无住,别号云屋,尝居苏州报恩寺。工诗,与仇远、虞集诸人酬唱。著有《谷响集》。

【注释】

① 广坐:虎丘有平石可坐千人,故云"广坐"。朱长文《吴郡图经续记》云:"涧侧有平石,可容千人,故谓之千人坐。传俗因生公讲法得名。"

② 九原:山名,在山西新绛县。《礼记·檀弓》郑玄注:"晋卿大夫之墓地在九原。"后因称墓地为九原。

楞伽塔①

郑元祐

危峰峭浮图,七级雕阑曲。
影落湖波心,鱼龙骇常伏。

【作者介绍】

郑元祐(1292—1364),元代诗人,字明德,自号尚左生,处州遂昌(今属浙江)人,随父徙居钱塘,后长期侨居吴中,历仕平江路儒学教授、江浙儒学提举。著有《侨吴集》。

【注释】

① 楞伽塔:在石湖上方山上,俗称上方塔。

灵岩涵空阁①

郑元祐

吴王宫阙草萋萋,飞阁重登意转迷。
洗砚池边云欲暝②,拜郊台上日平西③。
湖涵远浪千帆没,树响悲风一鹘栖。

江海鸥夷招不返,荒烟野水鹧鸪啼。

【注释】
① 涵空阁:在灵岩山顶,阁上可眺望太湖。
② 洗砚池:在灵岩山上。
③ 拜郊台:在上方山上。

天 池①

郑元祐

立石如云不待鞭,兀临池水看青天。
下潜灵物疑无底,傍溉山畦似有年②。
刺水翠苗霜后在,舞凤珠树月中悬。
太湖万顷应凡浊,闷此泓渟一勺泉。

【注释】
① 天池:在天平山西北之天池山上。
② 有年:丰收之年,也称大有年。《谷梁传》"桓公三年"云:"五谷皆熟,为有年也。"

春游石湖①

郑元祐

越来溪上水溔溔,闲蓦鸥夷棹底风①。
暖雾黄消治平寺②,烧痕青入馆娃宫。
笙歌作乐年年少,鱼鸟关情处处同。
吊古从来易兴感,尚循华发系孤篷。

【注释】

① 蓦:超越。语见李贺《送沈亚之歌》:"烟底蓦波乘一叶。"
② 治平寺:在石湖西岸茶磨山上。

游支硎南峰①

郑元祐

词客幽寻胜洞庭,神僧名迹在支硎②。
马骑仄径犹存石,鹤放颠崖尚有亭③。
岩底泉飞轻练白,峰头霓蚀古苔青。
到来顿醒红尘梦,万树松涛沸紫冥。

【注释】

① 支硎南峰：天峰院在支硎山南峰，人称"支遁庵"。

② 神僧：指支遁。陆广微《吴地记》："支硎山在吴县西十五里，晋支遁，字道林，尝隐于此山。"

③ 马、鹤：支遁喜好畜马、纵鹤。朱长文《吴郡图经续记》："山中有支遁石室、马迹石、放鹤亭，皆因之得名。"

曹知白吴淞山色图[①]

潘　纯

一片吴淞江上秋[②]，澹云凉叶思悠悠。
何时莼菜鲈鱼脍[③]，却向先生画里游。

【作者介绍】

潘纯（生卒年不详），元代文学家，字子素，庐州合肥（今属安徽）人。善为今乐府，秀丽清郁，常作诗文以讽刺权贵。著有《子素集》。

【注释】

① 曹知白：元代画家，字又玄，号云西，华亭（今上海松江）人。曾任昆山教论，不久辞归。擅画山水，笔墨疏秀。有《疏松幽岫》《雪山清霁》等图传世。

② 吴淞江上秋:用陆龟蒙《松石晓景图》"写得松江岸上秋"句意。

③ 莼菜鲈鱼脍:参见张翰《思吴江歌》。

至元二年二月八日,陈子善、范昭甫同游虎丘四首① (选二)

朱德润

东望吴山紫翠缠,凭阑忽坐小吴轩②。
石桥杨柳半塘寺③,修竹梨花金氏园。

野色空濛锦鸪啼④,东风吹雨湿罗衣。
一堤芳草花开遍,落日马嘶人醉归。

【作者介绍】

朱德润(1294—1365),元代画家、诗人,字泽民,睢阳(今河南商丘)人,后流寓吴中。历仕翰林应奉兼国史院编修、镇东行省儒学提举、江浙行中书省照磨官参军事。工诗,擅书画,诗参李白,书师王羲之,山水学郭熙,笔墨秀润清逸,在"元四家"外另辟蹊径。著有《存复斋集》。

【注释】

① 至元：元惠帝年号。陈子善、范昭甫：朱德润友人，生平不详。
② 小吴轩：在虎丘山顶最东端，与望苏台相邻。
③ 半塘寺：在山塘街半塘桥附近。
④ 锦鸪：即鹧鸪，亦名杜鹃。

己卯正月十八日与申屠彦德游虎丘得客字①

倪　瓒

余适偶入城，本是山中客。
舟经二王宅②，吊古览陈迹。
松阴始亭午③，岚气忽敛夕。
欲去仍徘徊，题诗满苔石。

【作者介绍】

倪瓒（1301—1374），元代画家、诗人，字元镇，号云林，别号荆蛮民、净名居士，无锡（今属江苏）人。终身未出仕，元末，疏散家财，隐于太湖中。长于山水画，以清闲幽淡为宗，与黄公望、吴镇、王蒙合称为"元四家"。著有《清闷阁集》。

《石湖秋泛图》　明·文伯仁绘

【注释】

① 己卯：即元惠宗至元五年（1339）。申屠彦德：倪瓒友人，生平不详。

② 二王宅：虎丘山旧有晋司徒王珣及其弟司空王珉之别墅，后舍宅建寺。

③ 亭午：正午。

烟雨中过石湖三绝

倪　瓒

烟雨山前度石湖，一夜秋影玉平铺。
何须更剪松江水①，好染空青作画图②。

姑苏城外短长桥，烟雨空濛又晚潮。
载酒曾经此行乐，醉乘江月卧吹箫。

愁不能醒已白头，沧江波上狎轻鸥。
鸥情与老初无染，一叶轻躯总是愁。

【注释】

①"何须"句：杜甫《戏题王宰画山水图歌》："焉得并州快剪刀，剪取吴淞半江水。"

②空青：矿石名，色青，产于铜矿中，可入药，也可作绘画颜料。

泊阊门

顾 瑛

枫叶芦花暗画船，银筝断绝十三弦。
西风只在寒山寺，长送钟声扰客眠。

【作者介绍】

顾瑛（1310—1369），元代诗画家，一名阿瑛，字仲英、德辉，号金粟道人，昆山（今属江苏）人。工诗善画。著有《玉山璞稿》。

虎丘十咏（选三）

顾 瑛

小吴轩①

雪没群山尽，天垂落日悬。
冯虚俯城郭②，隐见一丝烟。

五台山③

海涌如来室,清凉即五台。
春风山顶雪,飞度雁门来④。

塔 影

塔倚高标立,楼深一窍虚。
海风吹幻影,颠倒落方诸⑤。

【注释】
① 小吴轩:在虎丘山顶最东端,南接望苏台,取《孟子》"登东山而小鲁"意命轩。
② 冯:通"凭"。
③ 五台山:虎丘山顶有五圣台,一名五台山。
④ 雁门:关名,在山西雁门山,本诗将山西五台山与虎丘五台山贯连起来,故有本句。
⑤ 方诸:器皿名,古时用于在月下承露取得净水的器具。

雪后游石湖

陈 深

众峰戴雪玉崔嵬,风定湖光镜面开。

山色可堪西子笑,溪声曾送越兵来①。
天寒野水摇孤艇,日落浮图对古台②。
回首风尘翳城阙,愁来谁伴倒清罍。

【作者介绍】

陈深(生卒年不详),元代诗人,字子微,号宁极,平江(今江苏苏州)人。宋亡,闭门著书。著有《宁极斋稿》。

【注释】

① 溪:指越来溪。
② 浮图:塔,此指上方山楞伽寺塔。古台:拜郊台,在上方山北面郊山上。

登天平山

刻 韶

西来山势森如戟,上与浮云石栈连。
华盖九峰当绝壁,龙门一道落飞泉①。
幽穿石洞潜通穴,下俯天池冷积渊②。
更欲振衣千仞表,侧身东望洞庭烟。

【作者介绍】

剡韶（生卒年不详），元代诗人、画家，字九成，号苕溪渔者、云台散吏，吴兴（今浙江湖州）人。尝辟试漕府掾。韶淡泊名利，不事奔竞，慷慨有气节，以诗酒自乐。善画山水，与倪瓒友善。著有《云台集》。

【注释】

① 龙门：又名一线天，在白云亭西，是登天平山必由之路，双岩并峙，崖壁直削如门，仰望蓝天如一线，中有仄径，仅容一人侧身而过。

② 天池：在天平山西北之天池山上。

狮子林即景十四首① （选四）

释惟则

万竿绿玉绕禅房②，头角森森笋稚长。
坐起自携藤七尺，穿林络绎似巡堂。

素壁光摇眼倍明，隔帘风树弄新晴。
树根蛙鼓鸣残雨，恍惚南山水乐声。

鸟啼花落屋西东，柏子烟青芋火红。

人道我居城市里，我疑身在万山中。

指柏轩中六七僧③，坐忘忽怪异香生。
推窗日色暖如火，薝蔔花开雪一棚④。

【作者介绍】

释惟则（生卒年不详），元代诗僧，字天如，因号天如禅师，俗姓谭，永新（今属江西）人。善诗，喜水石花竹。著有《狮子林别录》。

【注释】

① 释惟则在至正元年（1341）来苏州，弟子为他买地建禅林，因园多怪石，状如狮子，故名为狮子林菩提正宗寺，简称"狮子林"。

② 绿玉：喻竹。惟则初营狮子林禅寺时，植竹万竿。

③ 指柏轩：元代轩前有宋柏，原为禅僧讲公案、斗机锋的场所，轩名即自禅宗公案"赵州指柏"而得。今存狮子林指柏轩，为民国年间贝氏重建。

④ 薝蔔：花名，其花甚香。此为梵语音译，又译作旃簸迦、赡博迦，意译为郁金香。

晓行吴淞江

释惟则

水转沙涂又一湾①,迎船孤塔出烟岚。
长江一道横风起,两岸争飞上下帆。

【注释】

① 沙涂:沙滩。

清 平 乐

太湖月波

沈 禧

秋蟾澄皎,影落波心小。三万六千何渺渺,倒浸玉京瑶岛①。　姮娥笑倚阑干,素鸾飞处光寒。唤起谪仙同玩②,浩歌激碎狂澜③。

【作者介绍】

沈禧(生卒年不详),元代词人,字廷锡,吴兴(今浙江湖州)人。

【注释】

① 玉京：仙都。瑶岛：海上仙山。
② 谪仙：唐代诗人李白和宋代诗人苏轼都被人称为"谪仙"。
③ 浩歌：语出屈原《九歌·少司命》："临风恍兮浩歌。"

菩萨蛮

灵岩岚翠

沈 禧

幽轩东面灵岩麓，四时佳气供吟目。雨过断纤埃，郁蓝屏障开①。　　岚光浮翡翠，日射添明媚。高涌出云间，只疑西子鬟。

【注释】

① 郁蓝：又作蔚蓝，一般作天色青蓝解。杜甫《冬到金华山观，因得故拾遗陈公学堂遗迹》："上有蔚蓝天。"王应麟《困学纪闻》："放翁云：'蔚蓝乃隐语，天名。'按《度人经》作'郁蓝'。"亦备一说。

◎ 明　代 ◎

苏州诗咏 >>>

天平山中

杨 基

细雨茸茸湿楝花①,南风树树熟枇杷。
徐行不记山深浅,一路莺啼送到家。

【作者介绍】

杨基(1326—?),明代诗人,字孟载,号眉庵,原籍嘉定州(今四川乐山),生于苏州。明初官山西按察使,后受谗罢职。与高启、张羽、徐贲合称"吴中四杰"。著有《眉庵集》。

【注释】

① 茸茸:细密貌。

过姑苏城

张 羽

片帆迢递入吴烟,竹溆芦洲断复连。
柳影浓遮官道上,蝉声多傍驿楼前。
近湖渔舍皆悬网,向浦人家尽种莲。

行到吴王夜游处,满川芳草独堪怜。

【作者介绍】

张羽(1333—1385),明代诗人,字来仪,浔阳(今江西九江)人,侨居于吴。元末为安定书院山长。洪武中,官太常寺丞,兼翰林院同掌文渊阁事。坐事贬岭南,投龙江(今广西河池境内)死。与高启、徐贲、杨基并称"吴中四杰"。著有《静居集》。

舟过太湖

张 羽

具区涵空阔,一苇凌风度①。
烟花乱晴天,浪色生寒雾。
遥山含碧气,青蒲冒孤渚。
解带俯清流,开襟散尘虑。
乍闻商妇歌,或见渔航聚。
微茫姑苏城,绿缛洞庭树。
缅思底定功②,疏凿有遗处。
怀安谅非贤,临深岂无惧?
且当趣归楫③,沿回难可住。

【注释】

① 一苇：一叶小舟。语出《诗经·卫风·何广》："谁谓河广？一苇杭之。"

② 底定功：达到平定的功绩，指大禹治水平定水患的功绩。

③ 趣：同"促"。

渡吴淞江

高 启

稍离城郭喧，远适沧洲趣。
乘潮动旅榜，雾散寒江曙。
苍蒹靡靡出，白鸟翻翻去。
不识野人村，舟中望高树。
遭时叹有棘，拯物惭无具。
不向此乡居，飘零复何处？

【作者介绍】

高启（1336—1374），明代诗人，字季迪，号青丘子，长洲（今江苏苏州）人。洪武初召修《元史》，授编修，擢户部侍郎，辞归。后坐事被杀。与张羽、徐贲、杨基并称"吴中四杰"。著有《高青丘集》。

皋 桥

高 启

阊门啼早鸦,拂面见飞花。
绿水通螭舫,红桥过犊车。
谁寻伯通宅,只问泰娘家①。

【注释】

① 泰娘:唐代歌妓名。刘禹锡《泰娘歌》:"泰娘家本阊门西,门前绿水环金堤。"

谒甫里祠①

高 启

衣冠寂寞半尘丝,想见江湖独卧时。
遁迹虚烦明主诏②,感怀犹赋散人诗③。
钓鱼船去云迷浦,斗鸭栏空草满池。
芳藻一杯谁为奠,鼓声只到水神祠④。

【注释】

① 甫里祠：祠在甫里（今苏州甪直镇）白莲寺西，祀唐代诗人甫里先生陆龟蒙。

② 虚烦明主诏：因友人李蔚、卢携荐举，陆龟蒙召拜左拾遗，诏下，龟蒙已卒，故云"虚烦"。事见《新唐书·陆龟蒙传》。

③ 散人：隐居闲散之人。陆龟蒙自号"江湖散人"，曾作《咏隐逸十六首》，咏历代隐逸之士十六人（包括诗人自己）。

④ 水神祠：即水仙庙，祀柳毅，庙在白莲寺西。

卓笔峰①

高 启

云来初似墨，雁过还成字。
千载只书空②，山灵恨何事？

【注释】

① 卓笔峰：题下自注："在天平山。"天平山多奇石，以卓笔峰为最佳。

② 书空：晋代殷浩被黜废后，终日书空作"咄咄怪事"而已。见《世说新语·黜免》。

过保圣寺①

高 启

隔江寒雾隐楼台,远逐钟声放艇来。
乱后不知僧已去,几堆红叶寺门开。

【注释】

① 保圣寺:在苏州甪直镇,创建于梁,历经毁修。寺中有十八尊罗汉塑像,相传为唐代"塑圣"杨惠之作。一说为宋人所塑。民国时,罗汉塑像已毁其半,经蔡元培、顾颉刚等人呼吁抢救,筑"古物馆"保护起来。高启隐居于甪直附近的"青丘",游寺探僧,因作本诗。

枫 桥

高 启

画桥三百映江城,诗里枫桥独有名。
几度经过忆张继,乌啼月落又钟声。

《江村渔火图》 明·文伯仁绘

乌鹊桥

高 启

乌鹊南飞月自明,恨通银汉水盈盈。
夜来桥上吴娃过①,只道天边织女行。

【注释】

① 吴娃:吴地的美女。扬雄《方言》:"吴人呼美女为娃。"

虎 丘①

高 启

望月登楼海气昏,剑池无底镇云根。
老僧只恐山移去,日暮先教锁寺门。

【注释】

① 本诗载《高青丘集》,作年不明。清顾湄《虎丘志》误将此诗录为张籍作,陈尚君《全唐诗续补遗》卷五也据之辑为张籍佚诗,均非是。

陆羽石井[1]

高 启

冷逼银床石甃圆,铜瓶晓汲试频牵。
嗜茶陆羽那知味?误作人间第四泉[2]。

【注释】

[1] 陆羽:唐代诗人,字鸿渐,竟陵(今湖北天门)人,贞元时寓居苏州。长期研究茶道,著有《茶经》。石井:在虎丘致爽阁与冷香阁之间。

[2] 第四泉:唐代刘伯刍评虎丘石井泉为第三。高启《石井泉》自注:"在虎丘山,四面石壁天成,张又新品为第三泉。"高启这里却说陆羽品石井泉为第四泉,不知何据。

致爽阁

高 启

画阑高倚碧峰头,尽见西山一带秋。
拄笏朝吟看爽气,登临谁有晋风流。

消夏湾

高 启

凉生白苎水云空,湖上曾开避暑宫。
清簟疏帘人去后,渔舟占尽柳阴风。

白云泉

高 启

白云不为雨,散在清泉流。
泉气复成云,山中同一秋。
岩前石窦幽寒处,云自长浮泉自注。
潜龙未起出深泓,渴鸟时来下高树。
云应无心飞上天①,泉亦不肯随奔川。
老僧爱此不复下山去,卧云饮泉终岁年。

【注释】

① "云应"句:用陶渊明《归去来兮辞》"云无心以出岫"句意。

题林屋洞天

释德祥

群山包水水包山,金作芙蓉玉作环。
洞里有天成五岳,山中无地着三班。
白云仿佛鸡初唱,碧海迢遥鹤又还。
可惜桃花有凡骨,年年随浪出人间。

【作者介绍】

释德祥(生卒年不详),明代诗僧,字麟洲,号止庵,钱塘(今浙江杭州)人。洪武中主持径山,工诗。有《桐屿集》。

题有竹居小横幅[①]

沈 周

小桥溪路有新泥,半日无人到水西。
残酒欲醒茶未熟,一帘春雨竹鸡啼[②]。

【作者介绍】

沈周(1427—1509),字启南,号石田、白石翁,长洲(今江苏苏州)人。终生未仕,专门从事诗文、书画创作,与文徵明、唐寅、仇英合称"明四家"。有《石田集》。

【注释】

① 有竹居:沈周别业名,临水而筑,竹林环护。
② 竹鸡:鸟名,比鹧鸪小,好啼,喜居竹林,故名。

春日过天平山

沈 周

天平合在名山志,山下祠堂更有名①。
何地定藏司马史,此胸谁负范公兵②。
高屏落日云霞乱,杂树交花鸟雀争。
要上龙门发长啸,世人无耳着鸢声。

【注释】

① 祠堂:即范文正公(范仲淹)祠。姚承绪《吴趋访古录》卷二:"范文正公祠,在天平山。"
② "此胸"句:孔平仲《孔氏谈苑·军中有范西贼破胆》:"贼闻之曰:'无以延州为意,今小范老子腹中有数万甲兵,不比大范老子可欺也。'"小范,指范仲淹;大范,指范雍。

穹窿山诗①

吴 宽

我昔闻吴谚②,阳山高抵穹窿半。
壮哉拔地五千仞,始信吴中有奇观。
铜坑邓尉作屏扆③,天平灵岩当几案。
吾闻法华与雅宜④,水边横亘如长岸。
何人著山经,宜作吴山冠。
但嫌地势高,山家每忧旱。
舟行半日青已了,却被浓云忽遮断。
水回路转二三里,依旧诸峰青历乱。
人云山顶百亩平⑤,合结茅庐倚霄汉。
龙门胜迹未遑游,坐向船头先饱看。

【作者介绍】

吴宽（1436—1504），明代诗人，字原博，号匏庵，长洲（今江苏苏州）人。成化八年（1472）会试、廷试第一，历仕左庶子、掌詹事府，官至礼部尚书。工诗，长于书法。著有《匏翁家藏集》。

【注释】

① 穹窿山：在苏州善人桥南，为苏州城西诸山中最高的山。

② 吴谚：此处指吴地谚语"阳山高万丈，不及穹窿半接腰"。

③ 铜坑：又名铜井山，相传晋宋人在此凿坑取沙炼铜。宸：户牖间的屏风。

④ 法华、雅宜：山名，在穹窿山附近。

⑤ 百亩：穹窿山顶约宽百亩，有上真观，为江南道教活动的主要场所。《吴县志》载，穹窿"山顶方广可百亩，有炼丹台、升仙台"。

过 横 塘

吴 宽

夏半横塘风日多，画船载酒压晴波。
高田得雨皆粳稻，长荡翻云足芰荷①。
未必他年成故事，也须随处结行窝②。
悠悠十里城西路，此是登山第一歌。

【注释】

① 长荡：又名青苔湖，在虎丘北侧。

② 行窝：宋代邵雍名其原居处为"安乐窝"，好事者仿其屋候雍至，名曰"行窝"。事见《宋史·邵雍传》。后人泛指暂住或待客的屋舍为行窝。

消夏湾二首

王 鏊

四山环列抱中虚,一碧琉璃十顷余。
不独清凉可消夏,秋来玩月定何如?

画船棹破水晶盘,面面芙蓉正好看。
信是人间无暑地,我来消夏又消闲。

【作者介绍】

王鏊(1450—1524),明代诗人,字济之,号守溪,吴县东山(今属江苏苏州)人,官至武英殿大学士。著有《王中舍集》。

灵岩山

王 鏊

天末遥瞻塔影层,今朝携酒试同登。
吴中信是佳山水,人世依然感废兴。
草满琴台微有字,乌啼禅院寂无僧。
悬崖斧凿纷如雪,何处题诗记我曾?

登西山缥缈峰绝顶

王 鏊

仄径盘空艰复艰,快哉七十二孱颜①。
星辰可摘九天上,吴越平分一水间。
日转林梢看鸟背,烟横谷口辨人寰。
居然自可小天下,谁道吴中无泰山。

【注释】
① 孱颜:同"巉岩",山高峻貌。

泛 太 湖

祝允明

咸池五车直下注①,峨眉岱岳潜相通②。
乾坤上下浮元气,郡国周遭护渚宫。
岩穴会因仙迹幻,鱼龙不助霸图雄。
拟把玄圭献天子③,再看文命告神功。

【作者介绍】

祝允明（1460—1526），明代诗人、书法家，字希哲，生而枝指，自号枝山，长洲（今江苏苏州）人。历仕兴宁知县、应天府通判。工诗文，多奇气，尤工书法，名动海内，与唐寅、文徵明、徐祯卿并称"吴中四才子"。著有《怀星堂集》。

【注释】

① 咸池：神话中的大泽名，相传为日浴处。五车：星名，也叫五潢。

② 峨眉：山名，在今四川眉山。岱岳：即东岳泰山。

③ 玄圭：古代帝王举行典礼时所用的黑色玉器。

垂虹别意[①]

祝允明

把手江南奇绝处，石阑高拍袂轻分，
胸中故有长虹在，吐作天家补衮文[②]。

【注释】

①《垂虹别意》图卷，唐寅画。他的学生戴昭学成返回安徽休宁，唐寅作此图并题诗送别，同时题诗的名流有沈周、文徵明等三十余人。今选祝允明诗共赏之。

② 补衮文：指那些能补救规谏帝王过失的文章和诗歌。补衮，补救规谏帝王的得失，语出《诗经·大雅·烝民》"衮职有阙，维仲山甫补之"。本诗是送别诗，自有勉励戴昭的意思。

登灵岩绝顶二首

王 宠

凤刹翔天外①，龙宫倚日边②。
君王罢歌舞，我辈自山川。
翠壁琴台傍，丹枫石洞悬③。
纷纷见麋鹿④，恍惚梵轮前⑤。

气肃秋如洗，山高兴不群。
太湖红浴日，林屋翠蒸云⑥。
河汉杯中泻，荆蛮掌上分⑦。
下方钟磬晚，半岭隔氤氲。

【作者介绍】

王宠（生卒年不详），明代诗人，字履吉，号雅宜山人，吴县（今江苏苏州）人。书法与祝允明、文徵明齐名。著有《雅宜山人集》。

【注释】

① 凤刹：指凤翔禅院，在光福凤凰山。

② 龙宫：在西山投龙潭。

③ 石洞：指西施洞，在灵岩寺前。

④ 麛（mí）鹿：幼鹿。

⑤ 梵轮：佛寺。

⑥ 林屋：指林屋洞，在洞庭西山。

⑦ 荆蛮：泛指楚、越之界。登灵岩山顶眺望，楚、越之地均在指掌之中。

月夜登上方绝顶

王 宠

乾坤一银海，万境群动灭。
狂杀王子猷[①]，疑是山阴雪[②]。
披襟当雄风[③]，酒后觉耳热。
山精忽夜啸，谷响崖竹裂。
惝恍非人间，身世殊陡绝。
结束升天行，星斗为佩玦。
倒窥山河影，嵯峨镜中列。
始知飞仙人，五岳视丘垤[④]。
紫雾何蒙蒙，入口皆玉屑。

几时丹砂成，白日翔鸾节。

【注释】

① 王子猷：即晋王徽之，王羲之之子。诗人姓王，借以自喻。

② 山阴雪：王徽之居山阴时，雪天忽思友人戴逵，乃乘舟往访。本诗以雪景喻月夜山景。

③ "披襟"句：用宋玉《风赋》："有风飒然而至，王乃披襟而当之。"宋玉称此风为"雄风"。

④ 五岳：即东岳泰山、南岳衡山、西岳华山、北岳恒山、中岳嵩山。垤：小山丘。

江南四季歌

唐 寅

江南人住神仙地，雪月风花分四季。
满城旗队看迎春，又见鳌山烧火树①。
千门挂彩六街红，凤笙鼍鼓喧春风。
歌童游女路南北，王孙公子河西东。
看灯未了人未绝，等闲又话清明节。
呼船载酒竞游春，蛤蜊上巳争尝新②。
吴山穿绕横塘过，虎丘灵岩复元墓③。

提壶挈榼归去来④,南湖又报荷花开。
锦云乡中漾舟去,美人鬓压琵琶钗。
银筝皓齿声继续,翠纱汗衫红映肉。
金刀剖破水晶瓜,冰山影里人如玉。
一天火云犹未已,梧桐忽报秋风起。
鹊桥牛女渡银河,乞巧人排明月里。
南楼雁过又中秋,悚然毛骨寒飕飕。
登高须向天池岭⑤,桂花千树天香浮。
左持蟹螯右持酒,不觉今朝又重九。
一年好景最斯时,橘绿橙黄洞庭有。
满园还剩菊花枝,雪片高飞大如手。
安排暖阁开红炉,敲冰洗盏烘牛酥。
销金帐掩梅梢月,流酥润滑钩珊瑚。
汤作蝉鸣生蟹眼,罐中茶熟春泉铺。
寸韭饼,千金果,鳖群鹅掌山羊脯。
侍儿烘酒暖银壶,小婢歌阑欲罢舞。
黑貂裘,红氆氇,不知蓑笠渔翁苦。

【作者介绍】

　　唐寅(1470—1523),明代诗人、书画家,字子畏,号六如居士、桃花庵主,吴县(今江苏苏州)人。工诗文,与祝允明、文徵明、徐祯卿合称"吴中四才子"。善书画,与沈周、文徵明、仇十洲并称"明四家"。著有《六如居士全集》。

《姑苏台图》 吴湖帆绘

【注释】

① 鳌山：宋人于元宵节夜堆叠灯彩如山形，称为鳌山。明人因之。

② 上巳：节日名，三月里第一个巳日。汉以后习用三月初三。

③ 元墓：亦作玄墓，山名，在苏州光福镇南，相传东晋青州刺史郁泰玄葬此，故名。

④ 挈（xié）：手持。榼（kē）：古代盛水或酒的器具。

⑤ 天池：山名，在天平山西北，与华山一山而两名，西为天池山，东为华山，因山顶有一池而得名。

姑苏八咏

唐 寅

姑 苏 台

高台筑近姑苏城，千年不改姑苏名。
画栋雕楹结罗绮，面面青山如翠屏。
吴姬窈窕称绝色，谁知一笑倾人国？
可怜遗址俱荒凉，空林落日寒烟织。

天 平 山

天平之山何其高？岩岩突兀凌青霄。

风回松壑烟涛绿,飞泉漱石穿平桥。
千峰万峰如秉笏,崚崚嶒嶒相壁立。
范公祠前映夕晖①,盘空翠黛寒云湿。

百花洲

昔传洲上百花开,吴王游乐乘春来。
落红乱点溪流碧,歌喉舞袖相徘徊。
王孙一去春无主,望帝春心归杜宇②。
啼向空山不忍闻,凄凄芳草迷烟雨。

桃花坞③

花开烂漫满村坞,风烟酷似桃源古。
千林映日莺乱啼,万树围春燕双舞。
青山寥绝无烟埃,刘郎一去不复来④。
此中应有避秦者,何须远去寻天台⑤?

响屟廊

繁花漫道当年甚,举目荒凉秋色凛。
宝琴已断凤皇吟,碧井空留麋鹿饮。
响屟长廊故几间,于今惟见草班班。
山头只有旧时月,曾照吴王西子颜⑥。

寒山寺

金阊门外枫桥路,万家月色迷烟雾。
谯阁更残角韵悲,客船夜半钟声度。
树色高低混有无,山光远近成模糊。
霜华满天人怯冷,江城欲曙闻啼乌。

长洲苑

长洲苑内饶春色,泼黛峦光翠如湿。
银鞍玉勒斗香尘,多少游人此中集。
薄暮山池风日和,燕儿学舞莺调歌。
当年胜事空陈迹,至今遗恨流沧波。

洞庭湖

具区浩荡波无极,万顷湖光净凝碧。
青山点点望中微,寒空倒浸连大白。
鸱夷一去经千年,至今高韵人犹传。
吴越兴亡付流水,空留月照洞庭船。

【注释】

① 范公祠:范仲淹去世后,人们在天平山建范文正公忠烈祠,简称"范公祠"。

② 杜宇:古蜀帝名,死后化为杜鹃鸟,后人因称杜鹃为杜宇。本

句用李商隐《锦瑟》"望帝春心托杜鹃"句意。

③ 桃花坞：在苏州城阊、齐门之间，宋代章楶在此筑桃花坞别墅。

④ 刘郎：指刘禹锡。刘被贬为朗州司马，十年后回京，游长安玄都观，见观中桃花盛开，赋一绝，讽刺当时新贵。后再作一首《再游玄都观》，云："种桃道士归何处，前度刘郎今又来。"

⑤ 天台：用《幽明录》中的故事。相传东汉时，刘晨、阮肇入天台山采药，在桃林中遇两位仙女，邀至家中。半年后返乡，子孙已过七代。

⑥ "山头"两句：用李白《苏台览古》"只今唯有西江月，曾照吴王宫里人"诗意。

石　湖

文徵明

落日淡烟消，平湖碧玉摇。
秋生茶磨屿，人在越城桥①。
树色晴洲断，钟声古寺遥。
西风吹短鬓，还上木兰桡。

【作者介绍】

文徵明(1470—1559),明代诗人、书画家,初名璧,以字行,更字徵仲,号衡山,长洲(今江苏苏州)人。曾为翰林待诏,三年后辞归。工诗,擅书画,与唐寅、祝允明、徐祯卿同为"吴中四才子",画与沈周、唐寅、仇十洲齐名,称"明四家"。著有《甫田集》。

【注释】

① 越城桥:在石湖北,跨越来溪。

千顷云阁①

文徵明

阁外云千顷,风前首重搔。
倚阑双鸟下,落日乱山高。
积水连横浦,疏松带远皋。
泠然发清啸,吾意欲凌嚣。

【注释】

① 千顷云阁:在虎丘山顶东北端,位于万家烟火西、五贤堂后。宋僧始建,取苏轼《虎丘寺》"云水丽千顷"句命名之。

石湖泛月

文徵明

甲辰八月既望①,延望具酒,载余夜泛石湖。是夜风平水净,醉饮忘归,意甚乐也。

爱此陂千顷,扁舟夜未归。
水兼天一色,秋与月争辉。
浦断青山隐,沙明白鹭飞。
坐来风满鬓,不觉露沾衣。

【注释】

① 甲辰:明世宗嘉靖二十三年(1544),时文徵明七十五岁。此诗题于《石湖泛月图》上。

灵岩山绝顶望太湖

文徵明

灵岩山正当胥口,落日西南望太湖。
双岛如螺浮欲吐,片帆和鸟去俱无。

闲论往事何能说?不见高人试一呼。
慎勿近前波浪恐,大都奇绝在模糊。

登缥缈峰

文徵明

剃草遥遵鹿兔踪,飞岚拂袖映疏松。
平湖万顷玻璃色,落日千寻缥缈峰。
烟树吴都晴上掌,秋风云梦晚填胸[①]。
无烦咋指伤韩愈[②],尽有闲情在短筇。

【注释】

① 云梦:古湖泊名,在湖南湘阴以北、湖北江陵以南一带。这里借指太湖。

② 咋指:咬指。韩愈《赠张彻》:"悔狂已咋指。"伤韩愈:为韩愈伤心。据载,韩愈登华山绝顶,见四周穷极幽险,发狂号哭。

偶过甫里，乘月至白莲寺访陆天随故祠[1]

文徵明

一龛香火白莲宫，古社犹题甫里翁。
坐挹高风千载上，依然旧宅五湖东。
雨荒杞菊流萤度[2]，月满陂塘斗鸭空[3]。
故草已随尘土化，空瞻遗像寂寥中[4]。

【注释】

① 陆天随故祠：即甫里祠，因陆龟蒙自号天随子。
② 杞菊：陆龟蒙宅前后皆种杞菊，见其《杞菊赋》。
③ 斗鸭：古时的一种游戏。陆龟蒙喜斗鸭。
④ "空瞻"句：诗人于句下自注："祠有唐时遗像，为狂人所仆，满腹中皆翁手稿。后像虽设，而稿不可得矣。"

沧浪池上[1]

文徵明

杨柳阴阴十亩塘，昔人曾此咏沧浪。
春风依旧吹芳杜，陈迹无多半夕阳。

积雨经时荒渚断,跳鱼一聚晚波凉。
渺然诗思江湖近,便欲相携上野航。

【注释】

① 沧浪池:环沧浪亭之塘水。

宝 带 桥①

文徵明

云开霄汉远,春入五湖深。
天外虹飞彩,波心日泻金。
三江自襟带,双岛互浮沉。
十里吴塘近,归帆带暝阴。

【注释】

① 宝带桥:在苏州城东南大运河与澹台湖交汇处,为五十三孔长桥。唐苏州刺史王仲舒带头捐出宝带作筑桥费用,故名。

游灵岩登琴台

文徵明

参差莲宇逐飞埃,断础荒基夕照开。
青草欲埋山下路,白头曾及劫前来。
五湖对酒真如掌,千载鸣琴尚有台。
乔木蔽空回首尽,老僧犹自护松栽。

雪后泛舟游石湖

文徵明

夜闻飞雪晓何浓,想见楞伽矗万峰。
出郭漫浮银舴艋①,过湖来看玉芙蓉。
试寻往迹迷沙鸟,不改苍颜有涧松。
日暮云门何处觅②?破烟遥认上方钟。

【注释】

① 银舴艋:洒满雪花的小船。
② 云门:会稽若耶山寺名,这里指石湖边寺院。

《灵岩山图》　清·张宗苍绘

太 湖

文徵明

岛屿纵横一镜中,湿银盘浸紫芙蓉。
谁能胸贮三万顷①,我欲身游七十峰②。
天远洪涛翻日月,春寒泽国隐鱼龙。
中流仿佛闻鸡犬,何处堪追范蠡踪?

【注释】

① 三万顷:古人习惯称呼太湖为三万六千顷。

② 七十峰:苏州城西太湖边有七十二峰,受格律拘限,诗人只举整数。

虎丘春游词十首

文徵明

吴苑春风处处宜,好山西列更逶迤。
韶光九十从头数,逸态闲情一一奇。

城雪初消柳未齐,过烧灯市向郊西①。

春来排日登山去,先探梅花到短溪。

西郊春雨夜初晴,无数青山照眼明。
试着罗衣寒尚峭,却夸先出向山程。

阊江春水碧迢遥,花下朱门柳下桥。
小妓隔花犹宿醉,少年双掖上兰桡。

虎丘近接阊闾西,春到游船日满溪。
依路笙歌成忏悔,一林桃柳当菩提②。

灵丘石上思冷然,绀碧楼台剧目前。
香林遍绕生公石③,法境长寒陆羽泉④。

飞花狼藉照春衣,薄暮风喧燕子肥。
踏遍阳春情未已,山窗煮茗坐忘归。

阊阖春风杨柳柔,万家弦管水西楼。
兰桡夜逐桃花浪,明月歌残下武丘。

不尽春山叠翠螺,吴侬好事偏经过。
山腰细路苍烟里,月满松关有醉歌。

春山月白夜微茫,踏月登舟任酒狂。
联舫作邻溪上宿,一川花露梦魂香。

【注释】

① 烧灯：古人于元宵节燃灯，称为烧灯节。
② 菩提：树名，原产印度，晋唐时传入中国。佛教徒相传释迦牟尼曾在此树下得证菩提果而成佛，因以名树。
③ 生公石：指虎丘千人石，当时生公在此说法。
④ 陆羽泉：虎丘石井，陆羽品其泉为天下第三泉。

放歌林屋

文徵明

裹粮怀炬探幽玄，稍即唅呀复旷然。
荡潏微闻头上浪，光晶别有地中天。
千年何物扃丹刻①，一勺怜君负紫泉②。
莫叹虚酬十年愿，只应凡骨未能仙。

【注释】

① 丹刻：原诗有注："相传有神帛丹书在洞。"
② 紫泉：原诗有注："内有紫泉，饮之长生。"

天 平 山

文徵明

雨过天平翠作堆,净无尘土有苍苔。
云根离立千峰瘦,松籁崩腾万壑哀。
鸟道逶迤悬木末,龙门险绝自天开①。
溪山无尽情无厌,一岁看花一度来。

【注释】

① 龙门:即一线天,是登天平山的必由之路,双岩直削,耸立如门,仅容一人拾级而上,形势极为险峻。

风 入 松

行春桥看月①

文徵明

晚凉斜倚赤栏桥,天远白烟消。酒醒顾见花间影,浮云散、月在林梢。野火青山隐隐,渔歌绿水迢迢②。　昔年曾此醉清宵,共舣木兰桡。白头重踏行春路,同游伴、半已难招。夜静山高月小,玉人何处吹箫③?

【注释】

① 行春桥:位于上方山下,在石湖北口,俗名九环洞桥。
② "野火"两句:用杜牧《寄扬州韩绰判官》"青山隐隐水迢迢"句意。
③ "玉人"句:用杜牧《寄扬州韩绰判官》"玉人何处教吹箫"句意。

满 庭 芳

游石湖追和徐天全

文徵明

岸柳霏烟,溪桃炫昼,时光最喜春晴。风暄日煦,况是近清明。漫有清歌送酒,酒醒处、一笑诗成。春烂漫,啼莺未歇,语燕又相迎。　　向茶磨山前,行春桥畔,放杖徐行。喜沙鸥见惯,容与无惊。不觉青山渐晚,夕阳天远白烟生。非是我,与山留恋,山见我自多情。

夕阳洞口观落照①

沈 璟

天光射水水射天,万象摇动群峰前。
日车似避水伯怒②,欲落不落空中悬。
金波百道流血鲜,上下两镜断欲连。
转瞬两镜成一镜,阳乌轩鬗金雅联③。
云霞红紫态万千,暝色忽销苍苍烟。
黯惨休嗟景不延,回头月出东山巅。

【作者介绍】

沈璟(生卒年不详),明代戏曲家,字伯英,号宁庵,吴江(今属江苏)人。万历二年(1574)进士,历仕兵部职方司主事、考功员外郎、吏部员外郎、光禄寺丞等。乞归,居家三十年始卒。深通音律,擅长南曲,著有传奇十七种。

【注释】

① 夕阳洞:即石公山之夕光洞,洞口顶部有两条缝隙,其中一条东南向,每当落日时,夕阳直射洞中,故名。

② 日车:指太阳。古代神话说太阳乘车驾而行,驾车之神叫羲和。

③ 阳乌:指太阳。轩鬗:飞举的样子。金雅:金鸦,喻日。

和徵明登东洞庭①

徐祯卿

坞僻云深石径纡,渐从平履涉崎岖。
烟迷远景山藏屋,林透微明月堕湖。
佳境到时应就宿,肩舆停处合临图②。
莫厘绝顶君还上③,得似邻峰缥缈无。

【作者介绍】

徐祯卿(1479—1511),明代诗人,字昌谷,吴县(今江苏苏州)人。弘治年间进士,官国子监博士。与唐寅、文徵明、祝允明并称"吴中四才子"。工诗,风格清新爽朗。著有《迪功集》。

【注释】

① 东洞庭:即洞庭东山。
② 肩舆:轿子。
③ 莫厘:东山最高峰,相传隋莫厘将军曾在此居住,因名。

题马骥才甫里别业①

梁辰鱼

伯子扶风裔②,雄才振羽翰。
名园环甫里,高馆抗江干③。
径接藏鸦柳,池通斗鸭栏。
庭前有玉树,更就月中看。

【作者介绍】

梁辰鱼(1519—1591),明代戏曲家,字伯龙,号少白、仇池外史,昆山(今属江苏)人。曾漫游浙、赣、齐、鲁的名山大川,结交豪杰。嘉靖四十一年(1562),南直隶浙闽总督胡宗宪招入幕府。工诗,尤善度曲,精于音律,著传奇《浣纱记》、杂剧《红线女》。著有《鹿城诗集》。

【注释】

① 马骥才:梁辰鱼友人。甫里:今苏州甪直镇。梁辰鱼又有《甫里马骥才园林十咏》诗,描绘马家甫里别业的名园风范,园中有十处景观:梅矶、竹堂、松廊、梧桐园、芙蓉渚、鹅池、鹤洲、鱼梁、鹿柴、太湖石。

② 扶风:郡名,故址在今陕西凤翔一带,为马氏之郡望。

③ 抗江干:高高地耸立于江边。抗,高。

夏日同文寿承、休承、许元复、黄淳父、陆子行诸丈出葑门,游黄天荡,观荷花得分字①

梁辰鱼

镜湖秋净碧氤氲,菡萏香来百里闻②。
睡醒太真初试浴③,梦回神女未行云。
舞衣挹露红愁堕,宫扇翻飞翠欲分。
处处兰舟载箫鼓,江天归去值斜曛。

【注释】

① 文寿承:即明代画家文彭,字寿承,号三桥,长洲(今江苏苏州)人。文徵明之子,授秀水训导,擢南国子博士,工诗,擅书画,著有《博士集》。休承:即明代画家文嘉,文彭之弟,历任乌程训导、和州学正,著有《和州集》。黄淳父:即黄淳耀,明代诗人,字蕴生,嘉定(今属上海)人。崇祯十六年(1643)进士,明末率县民守城,城破,自缢于清凉庵。著有《陶庵集》。许元复、陆子行:生平不详。黄天荡:在葑门外,多水田,遍植荷莲。

② 菡萏:未开的荷花。《群芳谱》卷二十九:"花已发为芙蕖,未发为菡萏。"

③ 太真:杨贵妃。这里以出浴的杨贵妃比喻出水芙蓉。

中秋夜泛舟石湖,闻王别驾亦有玉山之游,赋此奉寄①

梁辰鱼

纤云消尽一轮空,此夕人间万里同。
广殿冷侵蟾窟露②,澄湖香堕桂枝风。
帆樯缥缈游天外,身世分明落镜中。
遥忆仙都佩环吏③,应骑独鹤上崆峒④。

【注释】

① 玉山:江苏昆山之马鞍山,又名昆山。因昆仑山产美玉,故又名玉山。

② 广殿:即月中广寒宫。《龙城录》"明皇梦游广寒宫"云:"顷见一大宫府,榜曰:广寒清虚之府。"

③ 佩环吏:指王别驾。

④ 崆峒:山名,此处借指玉山。

《石湖烟雨图》 清·秦祖永绘

坐治平竹房，见复初上人放鱼石湖归①

梁辰鱼

竹房花气坐霏微，林下僧来带夕晖。
片片湖云湿香衲，不知何处放生归。

【注释】

① 治平：寺名，在石湖西岸茶磨山上。放鱼：我国古代早有放生之习惯。《列子·说符》载赵简子语："正旦放生，示有恩也。"后代佛家亦有放生之举。

虎丘花市茉莉曲①（选三）

王稚登

赣州船子两头尖②，茉莉初来价便添。
公子豪华钱不惜，买花只拣树齐檐。

卖花伧父笑吴儿③，一本千钱亦太痴。
侬在广州城里住，家家茉莉尽编篱。

章江茉莉贡江兰,夹竹桃花不耐寒。
三种尽非吴地有,一年一度买来看。

【作者介绍】

王穉登(1535—1612),明代诗人,字百谷,先世江阴人,随父移居苏州。他博学多才,擅诗、书、画,文徵明后,为吴中文坛盟主。著有《王百谷集》。

【注释】

① 虎丘花市:古代山塘街多花市。茉莉:花名,可以簪戴,亦可以窨制花茶。此花原产于江西,后移栽来苏,至今虎丘一带还盛产茉莉花。王穉登用诗句记下虎丘花市的实况。

② 赣州:地名,在江西南部,章江和贡江在赣州附近汇合为赣江。

③ 伧父:卖花的江西人。吴儿:吴中少年。

湖上梅花歌

王穉登

虎山桥外水如烟,雨暗湖昏不系船。
此地人家无玉历①,梅花开日是新年。

【注释】

① 玉历：历书。

晚步缥缈峰

申时行

孤峰缥缈入云烟，十载重来至绝巅。
纵目平临三界尽，扢身独傍九霄悬①。
浮沉岛屿飞涛外，断续汀洲落照边。
呼取一樽收万象，狂歌欲醉五湖天。

【作者介绍】

申时行（1535—1614），明代诗人，字汝默，号瑶泉，长洲（今江苏苏州）人。嘉靖状元，历仕编修、吏部尚书、宰相，后辞官归里。卒谥文定。著有《赐闲堂集》。

【注释】

① 扢身：挺立身躯。

渡 太 湖

袁宏道

野树澄秋气,孤篷罥晚晖①。
渔舟悬网出,溪叟载盐归。
山叠鹦哥翠②,浪驱白鸟飞。
暮来风转急,吹水溅行衣③。

【作者介绍】

袁宏道(1568—1610),明代诗人,字无孚,号石公,公安(今属湖北)人。曾任吴县令,官至吏部郎中,与兄宗道、弟中道齐名,世称"三袁"。擅诗,主张独抒性灵。著有《袁中郎全集》。

【注释】

① 罥(juàn):缠绕。
② 鹦哥翠:如鹦鹉羽毛般的翠绿色。吴人俗称鹦鹉为鹦哥。
③ 行衣:行客的衣裳。

紫金庵[①]

顾 超

山中幽绝处,当以此居先。
绿竹深无暑,清池小有天。
笑啼罗汉像,文字道人禅[②]。
最好梅花候,高窗借过年。

【作者介绍】

顾超(生卒年不详),明代诗人,苏州东山人,具文武之才,明末参加抗清义军,后不知所终。

【注释】

① 紫金庵:在洞庭东山。顾超是里人,他的《紫金庵》诗,是描写紫金庵罗汉的较早文字记载,极有价值。

② 道人禅:和尚的禅意。晋宋时佛教初行,通称僧侣为道人。

金庵十八罗汉歌[1]

释大灯

金庵罗汉形貌雄,慈威嬉笑惊神工。
当年制塑出奇巧,支那国中鲜雷同[2]。
擎拳降猛虎,举钵伏狞龙。
神通各逞无暇日,我来一喝俱敛容。
修眉大士嗒然笑,手持藤杖称最老。
与彼群公前致辞,山中结屋愿须早。
潺潺深涧可忘饥,不待安期赠丹枣[3]。
他时游戏返天台[4],共尔崖头拾瑶草。

【作者介绍】

释大灯(生卒年不详),明代诗僧,字同岑,秀水(今浙江嘉兴)人,居西山桔香庵。著有《洞庭诗稿》。

【注释】

① 金庵:紫金庵。十八罗汉:紫金庵内现存十六尊罗汉,相传为南宋雷潮夫妇的作品。
② 支那国:即中国。
③ 安期:安期生,先秦时代仙人,汉武帝时人李少君说他在海上见到过安期生。

④ 天台：山名，在浙江天台县，佛教天台宗的发源地。

题梅花墅图①

薛 寀

展卷犹疑捧杖余，锦霞队里驻柴车②。
家风剩有名园记③，水榭惟藏国士书④。
地僻昔曾罗竹肉⑤，时艰今暂注虫鱼⑥。
钓船茶具寻常供，斗鸭疏狂尚未除⑦。

【作者介绍】

薛寀（生卒年不详），明代诗人，字谐孟，武进（今属江苏常州）人。崇祯四年（1631）进士，除武学教授，迁国子助教、刑部主事，出为开封知府。明亡后削发为僧，居光福玄墓山雪香庵。僧去冠去发，薛寀因将自己的名字"寀"去"宀"，去"丿"，存米，自号米堆山、米堆和尚。

【注释】

① 梅花墅：在甫里（今苏州甪直）姚家弄，明万历年间江南藏书家、刻书家许自昌构建，是一个别具特色的著名园林，钟惺、陈继儒都有《梅花墅记》。
② 柴车：简陋的车子。

③ 名园记：指钟惺、陈继儒的《梅花墅记》。

④ 国士书：国中才能出众的人所著的书。

⑤ 竹：竹制的管乐器。肉：歌妓之歌喉。

⑥ 虫鱼：《尔雅》有"释虫""释鱼"篇，儒家以为与治世大道无关，因称之为虫鱼之学，含有轻视之意。"注虫鱼"一语出自韩愈《读皇甫湜公安园池诗书其后》："《尔雅》注虫鱼。"

⑦ 钓船茶具、斗鸭疏狂：这是唐代诗人陆龟蒙隐居甫里时的遗风流韵，诗人借以指梅花墅主人。薛寀作此诗时，梅花墅主人已是许自昌之子许元溥。

登洞庭西山缥缈峰放歌

张 怡

世人不信桃源记①，谁知此是真桃源。
真桃源，人罕见。水如垣，山如殿。
神仙窟宅尊，羽衲津梁倦。
老杀姑苏城里人，何曾一识西山面。

【作者介绍】

张怡（1604—1691），明代学者、诗人，字瑶星，号白云山人，上元（今江苏南京）人。明诸生，以父荫得锦衣卫千户，明亡后隐居读书，博学，著述甚多。著有《古镜庵诗集》。

【注释】

① 桃源记:指陶渊明的《桃花源记》。

春泛震泽

陈子龙

碧草连天极望遥,平湖漠漠进轻桡。
云开群岛浮春树,地凿三江接夜潮①。
风雨金支龙女过②,旌旗玉笈鬼神朝③。
霸才寂寞鸱夷去④,满眼烟波不可招。

【作者介绍】

陈子龙(1608—1647),明代诗人,字人中,号卧子、大樽,华亭(今上海松江)人。崇祯十年(1637)进士,官兵部给事中。明末,起兵抗清,被捕后投水而死。工诗,风格雄浑苍莽。有《陈忠裕公全集》。

【注释】

① 三江:指与太湖相通的娄江、吴淞江、东江。
② 金支:即金枝,乐器上的饰品。
③ 玉笈:玉饰的书箱,指道教典籍。
④ 鸱夷:指越国大夫范蠡。

天平山

归 庄

石如人立百千群,处处苍崖飞白云。
山势雄奇产人杰,荒祠端拜范希文①。

【作者介绍】
　　归庄(1613—1673),明末散文家,一名祚明,字玄恭,号恒轩,昆山(今属江苏)人。抗清失败后,隐居乡里,不仕清朝。与顾炎武齐名,人称"归奇顾怪"。著有《归庄集》。

【注释】
　　① 范希文:范仲淹字希文。

入邓尉山

归 庄

我行入西山①,山溪涸无水。
舍船就篮舆,旋转三十里。

《万笏朝天图》 清·任熊绘

四望梅花林,不辨香所起。
夹道无断续,依山有层累。
彳亍断桥边②,登顿深林里。
饥劬固不辞③,日暮焉栖止?
疏钟云际出,循声进屐齿。
玄墓我归游,古刹毋乃是?
老僧引前路,洒扫延客子。
入门问枕簟,倾壶酌甘醴。
斯游无前期,当穷洞壑美。
湖山百里间,登临自此始。

【注释】

① 西山:本诗中泛指苏州城西群山。

② 彳亍(chìchù):停停走走。

③ 饥劬:饥饿、疲劳。

◎ 清 代 ◎

苏州诗咏 >>>

登缥缈峰

吴伟业

绝顶江湖放眼明,飘然如欲御风行。
最高尚有鱼龙气,半岭全无鸟雀声。
芳草青芜迷远近,夕阳金碧变阴晴。
夫差霸业销沉尽,枫叶芦花钓艇横。

【作者介绍】

吴伟业(1609—1671),清代诗人,字骏公,号梅村,太仓(今属江苏苏州)人。崇祯四年(1631)进士,仕翰林院编修。明亡仕清,为国子监祭酒。著有《梅村家藏稿》。

寒山晚眺[①]

吴伟业

骤入初疑误,沿源兴不穷。
穿林人渐小,揽葛路微通。
湖出千松杪,钟生万壑中。
晚来山吐月[②],遥指断岩东。

【注释】

① 寒山：在支硎山南，有赵凡夫别业。徐崧、张大纯《百城烟水·吴县》："寒山别业，在支硎山南。万历间，云间高士赵凡夫葬父含玄公于此，遂偕元配陆卿子家焉。"

② 山吐月：杜甫《月》："四更山吐月。"

咏拙政园山茶花①

吴伟业

拙政园，故大宏寺基也。其地林木绝胜，有王御史者侵之，以广其宫。后归徐氏最久。兵兴，为镇将所据，已而海昌陈相国得之。内有宝珠山茶三四株，交柯合理，得势争高；每花时，巨丽鲜妍，纷披照曜，为江南所仅见。相国自买此园，在政地十年不归，再经谴谪辽海，此花从未寓目。余偶过太息，为作此诗。他日午桥②、独乐③，定有酬唱，以示看花君子也。

拙政园内山茶花，一株两株枝交加。
艳如天孙织云锦④，赪如姹女烧丹砂⑤。
吐如珊瑚缀火齐⑥，映如蝴蛛凌朝霞⑦。
百年前是空王宅⑧，宝珠色相生光华。
长养端资鬼神力，优昙涌现西流沙⑨。

歌台舞榭从何起,当日豪家擅闾里。
苦夺精蓝为玩花⑩,旋抛先业随流水。
儿郎纵博赌名园⑪,一掷留传犹在耳。
后人修筑改池台,石梁路转苍苔履。
曲槛奇花拂画楼,楼上朱颜娇莫比。
千条绛蜡照铅华,十丈红墙饰罗绮。
斗尽风流富管弦,更谁瞥眼闲桃李?
齐女门边战鼓声,入门便作将军垒。
荆棘丛填马矢高,斧斤勿剪莺簧喜。
近年此地归相公,相公劳苦承明宫⑫。
真宰阳和暗回斡,长安日日披熏风。
花留金谷迟难落,花到朱门分外红。
独有君恩归未得,百花深锁月明中。
灌花老人向前说,园中昨夜零霜雪。
黄沙淅淅动人愁,碧树垂垂为谁发?
可怜塞上燕支山⑬,染花不就花枝殷。
江城乍花颜色好,杜鹃啼血何斑斑!
花开连理古来少,并蒂同心不相保。
名花珍异惜如珠,满地飘残胡不扫?
杨柳丝丝二月天,玉门关外无芳草⑭。
纵费东君着意吹,忍经摧折春光老!
看花不语泪沾衣,惆怅花间燕子飞。
折取一枝还供佛,征人消息几时归?

【注释】

① 拙政园：在苏州东北街，园址乃唐代诗人陆龟蒙的故宅，后为大宏寺。明监察御史王献臣在大宏寺基上建园，取潘岳《闲居赋》"此亦拙者之为政也"意，命园为拙政园。后归太仆卿徐时泰。清顺治年间，园归大学士陈之遴。陈相国即陈之遴，海昌（今浙江海宁）人，后谪死辽阳。吴伟业入园游赏，有感而赋本诗。

② 午桥：唐代裴度筑绿野堂，在洛阳午桥。

③ 独乐：园名，宋代司马光筑，在洛阳。

④ 天孙：织女星名。

⑤ 姹女：少女。

⑥ 火齐：珠名。

⑦ 蝃蝀（dìdōng）：虹的别名。

⑧ 空王宅：佛寺，此指大宏寺。空王，佛之尊称。佛家以为世上一切皆空，故称"空王"。

⑨ 优昙：优昙钵花，俗称昙花。

⑩ 苦夺：指王献臣占据大宏寺，赶逐僧徒一事。精蓝：佛寺。

⑪ 儿郎：指王献臣之子，因赌博将拙政园输给徐时泰。

⑫ 承明宫：汉代帝王侍臣的居处，这里指陈之遴任职处。

⑬ 燕支山：在甘肃，山上产燕支草，可作胭脂。

⑭ 玉门关：在甘肃敦煌西北，借指陈之遴贬谪辽阳一事。

查湾西望①

吴伟业

屡折才成望,山窗插石根。
湿云低染径,老树半侵门。
渔直看疑岸,沙横欲抱村。
湖光犹在眼,灯火动黄昏。

【注释】
① 查湾:位于洞庭东山查山下的小山村,亦作遮山。

查湾过友人饭

吴伟业

碧螺峰下去,宛转得山家。
橘市人沽酿,桑村客焙茶。
溪桥逢树转,石路逐滩斜。
莫负篮舆兴,夭桃已著花。

望江南

吴伟业

江南好,皓月石场歌①。一曲轻圆同伴少②,十番粗细听人多③。弦索应云锣④。

【注释】

① 石场:指苏州虎丘山上"千人石"场地。
② 一曲轻圆:指昆曲,其音轻柔圆润。
③ 十番粗细:俗称"十番锣鼓",用笛、箫管、弦、提琴、云锣、汤锣、木鱼、檀板、大鼓等十种乐器合奏。
④ 弦索:弦乐器。云锣:也称九音锣、九云锣,打击乐器。

程益言邀饮虎丘酒楼①

吴绮

新晴春色满渔汀,小憩黄垆画桨停②。
七里水环花市绿,一楼山向酒人青。
绮罗堆里埋神剑③,箫鼓声中老客星④。
一曲高歌情不浅,吴姬莫惜倒银瓶⑤。

【作者介绍】

吴绮（1619—1694），清代诗人，字薗次，号听翁，江都（今属江苏）人。历仕中书舍人、湖州府知府。擅诗词。著有《林蕙堂全集》。

【注释】

① 程益言：诗人友人，生平不详，详诗意当是苏州人。本诗当是吴绮任职湖州路过苏州时作。

② 黄垆：黄公垆，代指酒家，即虎丘酒楼。

③ 神剑：喻超群的人才，指程益言。

④ 客星：《后汉书·严光传》载，严光与帝共偃卧，光以一足加于帝腹上，明日，太史奏称客星犯御座。此指吴绮自己。

⑤ "吴姬"句：化用李白《金陵酒肆留别》"吴姬压酒劝客尝"句意。

清 平 乐

太 湖

吴 绮

乱山青接，粘住吴和越。万顷琉璃秋映彻，做作蘋风柳月。烟波谁是吾徒？西风吹出鲈鱼①。斜日荡将艇子，醉教桃叶相扶②。

【注释】

① 鲈鱼：用吴人张翰典，点出归隐词意。

② 桃叶：晋王献之妾，本词借指侍女。

再题姜氏艺圃[①]

汪 琬

隔断城西市语哗，幽栖绝似野人家。

屋头枣结离离实，池面萍浮艳艳花。

棐几只摊淳化帖[②]，雪瓯频试敬亭茶[③]。

与君企脚挥谈麈[④]，杨柳阴中日渐斜。

【作者介绍】

汪琬（1624—1693），清代诗人，字苕文，号钝庵，晚号钝翁，又号玉遮山樵，长洲（今江苏苏州）人。顺治十二年（1655）进士，历仕户部主事、户部员外郎、刑部郎中、翰林院编修等。擅散文，与侯方域、魏禧合称"清初三大家"。诗学宋人。曾结庐于尧峰山，人称"尧峰先生"。著有《尧峰文钞》《钝斋类稿》。

【注释】

① 艺圃：在苏州阊门内文衙弄，明代文震孟建为"药圃"，清初为姜埰所有，易名敬亭山房，其子改名"艺圃"。

② 棐几：用香榧木制成的案几。淳化帖：全称为《淳化秘阁法帖》，刊集秘阁所藏历代法书，淳化年间编成。

③ 敬亭茶：安徽宣州敬亭山的茶叶。姜埰因弹劾权臣，谪戍宣州，死后还遗命葬于宣城。平时他爱喝敬亭山茶。

④ 企脚：跷起脚后跟。谈麈：清谈时所持的麈尾。

舟过虎丘

汪 琬

载酒出花泾，秋光似画屏。
破烟双白鹭，点水一蜻蛉。
渔鼓谨孤店，菱船下浅汀。
云岩看渐近①，佛塔已亭亭。

【注释】

① 云岩：寺名，在虎丘山，即虎丘寺，宋代改称云岩禅寺。

《范石湖诗意图》 清·杨晋绘

泊石湖有怀

汪 琬

江风逗余凉,辍棹自成赏①。
谷口霞已开,洲心月初上②。
遥闻欸乃曲③,知是渔人唱。
独树影萧条,孤鸿色惆怅。
不见故人来,时向烟中望。

【注释】

① 辍棹:停桨。
② 洲心:石湖中有小洲,筑洲心亭。
③ 欸乃:行船摇橹声,唐元结取其声作《欸乃曲》,成为乐府近代曲名。

湖中二首

汪 琬

湖光似镜映斜晖,紫蓼黄芦拂钓矶。
寄语群鸥须识我,莫随花鸭背船飞。

西山景物近如何？放取轻舟一叶过。
乍觉霜风寒割面，白鱼黄雀绕湾多。

减字木兰花

重泊吴阊

鲁 超

锦帆行处①，系艇当年垂柳树。渔火江枫，霸业消沉向此中②。　似曾相识③，烟寺晚钟霜浦笛。唤起离情，知隔云间第几程。

【作者介绍】

鲁超（生卒年不详），清代词人，字文远，号谦庵，会稽（今浙江绍兴）人。监生，官至广东布政使。著有《谦庵词》。

【注释】

① 锦帆：锦制的船帆，帆的美称。
② 霸业消沉：指吴王夫差称霸和败亡事。
③ 似曾相识：语出晏殊《浣溪沙》："无可奈何花落去，似曾相识燕归来。"

疏　影

忆邓尉梅花

陈维崧

　　佳人空谷①，有铜坑千树，潇湘一幅②。暗记当年，才过收灯③，有人约探林屋。参差帽影鞭丝里，馋饤得许多浓绿④。便归来携取冰魂，并入小窗横竹。　　讵料今年病里，东君又过去，九分之六。冷落看花，情性懵腾⑤，且把道书闲读。不缘修道缘伊冷，恐辜负楼东瘦玉。忍余寒、梦到深山，细问一春幽独⑥。

【作者介绍】

　　陈维崧（1625—1682），清代词人，字其年，号迦陵，宜兴（今属江苏）人。康熙十八年（1679），举博学宏词科，授翰林院编修，与修《明史》。擅词，与朱彝尊并称"朱陈"。著有《湖海楼全集》。

【注释】

　　① 佳人空谷：喻山中梅花。用杜甫《佳人》"绝代有佳人，幽居在空谷"意。

　　② 潇湘：竹子。一幅：一幅生绡，梅竹相并堪入画，故云潇湘一幅。

③ 收灯：元宵灯节，三日后收灯。
④ 饾饤：堆积。
⑤ 懵腾：朦胧迷糊。
⑥ 幽独：指梅花。用姜夔《疏影》"化作此花幽独"句意。

醉蓬莱

陈维崧

虎丘月夜，见有贵官呵止行人者，戏题此词。

正歌场匝地，舞榭临风，碧天如昼。官自何来，拖麟衫艾绶①。从事喧豗②，郎君贵倨③，禁游童趋走④。千载吴山，一场秋兴，月僝花僽⑤！　黄鹤飞仙⑥，玉清谪吏⑦，偶趁风光，闲来林薮。见此尘容，展轩渠笑口。七贵貂蝉⑧，五湖烟水⑨，问谁堪长久！且掣青萍⑩，化为铁笛，作狂龙吼。

【注释】
① 麟衫：绣有麒麟图案的官服。艾绶：艾绿色的丝制绶带。
② 从事：达官贵人的随从。喧豗（huī）：轰响声，指贵官随从的吆喝声。
③ 贵倨：尊贵傲慢的样子。
④ 游童：泛指游人。

⑤ 孱僽(chánzhòu)：烦恼发愁。
⑥ 黄鹤飞仙：乘坐飞鹤的仙人，指游客。
⑦ 玉清谪吏：天上玉清宫里被降职的官吏，指游客。
⑧ 七贵：有权势的贵戚。貂蝉：汉代皇亲国戚和贵臣的冠饰。
⑨ 五湖：太湖。
⑩ 青萍：宝剑名。

吴宫词

庞 鸣

屧廊移得苎萝春①，沉醉君王夜宴频。
台畔卧薪台上舞②，可知同是不眠人。

【作者介绍】

庞鸣（生卒年不详），清代诗人，字逵公，嘉定（今属上海）人。

【注释】

① 屧廊：即响屧廊。苎萝春：苎萝山的春色，指西施。苎萝，山名，在今浙江诸暨南，西施居于此。
② 卧薪：用越王勾践卧薪尝胆以图复国的故事。

太湖罛船词四首①

朱彝尊

村外村连滩外滩,舟居翻比陆居安。
平江渔艇瓜皮小,谁信罛船万斛宽。

具区万顷汇三州,点点青螺水上浮②。
到得石尤风四面③,罛船打鼓发中流。

棹郎野饭饱青菰④,自唱吴歈入太湖。
但得罛船为赘婿,千金不羡陆家姑。

船头腥气溅鱼篮,船尾女儿十二三。
染就纤纤红指爪,新霜爱擘洞庭柑。

【作者介绍】

朱彝尊(1629—1709),清代诗人,字锡鬯,号竹垞,秀水(今浙江嘉兴)人。康熙十八年(1679)举博学宏词科,授翰林院检讨,与修《明史》,入值南书房。诗与王士禛齐名,人称"南朱北王",善词,为清代词坛领袖。著有《曝书亭集》。

【注释】

① 罛（gū）船：大的渔船。《太湖备考》："太湖渔船……最大者曰罛船，亦名六桅船。"罛，大渔网。

② 青螺：形容湖中远山。刘禹锡《望洞庭》："白银盘里一青螺。"

③ 石尤风：打头逆风。

④ 棹郎：船夫。菰：菰米，茭白的果实。

同诸子元墓探梅

屈大均

蒙蒙千万树，香在未开时。
雪里人空望，风前自不知。

【作者介绍】

屈大均（1630—1696），清代诗人，字介子，号翁山，番禺（今广东广州）人。明末秀才，清兵南下，参加抗清队伍，失败后削发为僧。与陈恭尹、梁佩兰并称"岭南三大家"。著有《道援堂集》。

宝带桥

夏完淳

连天芳草青,极浦独扬舲^①。
归雁舟前落,愁人梦里听。
花光明晓雾,波影乱春星。
欲访灵威穴^②,孤帆入洞庭。

【作者介绍】

夏完淳(1631—1647),清代诗人,原名复,字存古,华亭(今上海松江)人。任南明中书舍人,参谋太湖吴易军事,抗击清兵,被捕后英勇就义。著有《夏完淳集》。

【注释】

① 舲:有窗的小船。
② 灵威穴:即西山林屋洞,相传吴王阖闾派灵威丈人入洞,获大禹素书。

虎丘题壁

陈恭尹

虎迹苍茫霸业沉①,古时山色尚阴阴。
半楼月影千家笛,万里天涯一夜砧。
南国干戈征士泪,西风刀剪美人心。
市中亦有吹箫客②,乞食吴门秋又深。

【作者介绍】

陈恭尹(1631—1700),清代诗人,字元孝,号半峰,晚号独漉子,顺德(今属广东)人。恭尹生于明末,继父志,不肯事清,弃家远游。其诗激昂沉郁,多抒写亡国之痛及人民疾苦。著有《独漉堂诗文集》。

【注释】

① 霸业:指吴王夫差创立霸主的事业。
② 吹箫客:据《史记·范雎传》,伍子胥鼓腹吹箫,乞食于吴市(今苏州)。本诗以伍子胥喻称自己。

雨中元墓探梅,余于吾家山题"香雪海"三字[①]

宋 荦

探梅冒雨兴还生,石径铿然杖有声。
云影花光乍吞吐,松涛岩溜互喧争[②]。
韵宜禅榻闲中领,幽爱园扉破处行。
望去茫茫香雪海,吾家山畔好题名。

【作者介绍】

宋荦(1634—1713),清代诗人,字牧仲,号漫堂、西坡,商丘(今属河南)人。以父荫列侍卫,后屡仕刑部郎中、江西巡抚,后任江苏巡抚,在吴十四年,官至吏部尚书。工诗,瓣香苏轼。著有《绵津山人诗集》。

【注释】

① 吾家山:即马驾山,东临邓尉。本诗作于康熙三十五年(1696),宋荦所题"香雪海"三字镌于崖壁。
② 岩溜:山泉。

邓尉竹枝词① (选六)

王士禛

二月梅花烂熳开,游人多自虎山来②。
新安坞畔重重树,画舫青油日几回③?

邓尉山头片雨晴,司徒庙下晚潮生④。
却登七十二峰阁⑤,玉柱银房相向明⑥。

西施洞望米堆山⑦,夕翠朝烟拥髻鬟。
不道鸱夷曾载去,至今人在五湖间。

西来铜井又铜坑,山势高低有二名。
试上龟峰光福塔⑧,白波翠巘两边生。

枫桥估客入山来,艓子多从木渎开⑨。
玛瑙冰盘堆万颗,西林五月熟杨梅。

绿黛遥浮玉镜开,峰峦千叠水弯环。
居人却厌真山好,玄墓南头看假山⑩。

【作者介绍】

王士禛(1634—1711),清代诗人,字贻上,号阮亭,别号渔洋山人,新城(今山东桓台)人。顺治十五年(1658)进士,官至刑部尚书。诗主神韵。著有《带经堂全集》。

【注释】

① 竹枝词:唐刘禹锡据巴渝民歌改作新词,后世盛行,内容多写风俗人情,语言通俗,风格清新。

② 虎山:在光福,游邓尉的人必经此山。

③ 青油:用青绸制幕。

④ 司徒庙:在光福吾家山东麓,祀东汉大司徒邓禹。

⑤ 七十二峰阁:阁名,在光福弹山濒湖处。

⑥ 玉柱、银房:林屋洞中的两处景观,此代指林屋洞所在地夏洞山。

⑦ 米堆山:在玄墓山南,三面临湖。

⑧ 龟峰:光福龟山之峰,上有光福寺和光福塔。

⑨ 艓子:小船。

⑩ 假山:玄墓山南有奇石,天然嵌空,玲珑剔透,俗称真假山。

游王氏园林四首[①]（选二）

徐 釚

几折烟萝暗，林塘一径迷。
红泉回翠壁，绿树间丹梯。
扪石人行倦，分巢鸟乱啼。
遥知歌舞歇，可有旧乌栖。

兴废成今古，登临一惘然。
危楼余宿草，片石起苍烟。
荷叶田田出[②]，藤梢故故牵。
辋川遗迹在[③]，图画总堪怜。

【作者介绍】

徐釚（1636—1708），清代诗人，字电发，号虹亭、竹庄，吴江（今属江苏苏州）人。康熙时召试博学宏词科，官翰林院检讨。工诗，善画。著有《南州草堂集》。

【注释】

① 王氏园林：即苏州拙政园。明代正德年间，御史王献臣购得大宏寺产，构筑园林，命曰"拙政园"。

② 田田：莲叶相连接貌。《相和歌》："江南可采莲，莲叶何田田。"

③ 辋川：唐代诗人王维的别业，在陕西蓝田。

石　壁^①

顾　汧

石台踞坐晚风清，落日烟波钓艇横。
七十二峰收一望，凭虚直欲驾天鲸。

【作者介绍】

顾汧（1646—1712），清代诗人，字伊在，号芝岩，原籍长洲（今江苏苏州），生于顺天大兴（今属北京）。康熙十二年（1673）进士，历仕翰林院编修、礼部侍郎、河南巡抚、大理寺少卿。著有《凤池园诗文集》。

【注释】

① 石壁：山名。光福潭东有蟠螭山，濒临太湖，俗称石壁山。

《蟠螭落照图》 清·秦祖永绘

雪后晓渡太湖

查慎行

黄芦吹断黑头风①,寒日初生血样红。
一片湖山新着色,万螺浮白碧壶中。

【作者介绍】

查慎行(1650—1727),清代诗人,号初白,海宁(今属浙江)人。康熙四十二年(1703)进士,授翰林院编修。少年从军滇、黔,中年游历齐、鲁、燕、赵等地,足迹遍天下,故诗多登临怀古之作。诗宗宋人,善用白描手法,诗风沉雄豪健,为清代大家。著有《敬业堂诗集》。

【注释】

① 黑头风:即黑风,卷带尘埃的暴风。

八月十八夜看串月歌①

顾嗣立

治平山寺何岧峣,湖光吐纳山连遥。

烟中明灭宝带桥，金波万叠风骚骚。

年年八月十八夜，飞廉驱云落村舍②。

金盆出水耀光芒，玻璃迸破银瓶泻③。

散作明珠千万颗，老兔寒蟾景相吓④。

鱼婢蟹奴争献奇，手搴桂旗吹参差。

水花云叶桥心布，移来海市秋风时。

吴侬好事邀新客，舳舻衔尾排南陌⑤。

红豆新词出绛唇，粉胸绣臆回歌席⑥。

绿蛾淋漓柁楼倒，醒来月在松杉杪。

【作者介绍】

顾嗣立（1664—1722），字侠君，长洲（今江苏苏州）人。康熙五十一年（1712）进士，授庶吉士。工诗，辑集元人诗，编成《元诗选》。著有《秀野堂诗集》《闾邱诗集》。

【注释】

① 看串月：每年八月十八日，在石湖行春桥畔，可以看到串月的景观。

② 飞廉：风神。

③ "玻璃"句：化用白居易《琵琶行》"银瓶乍破水浆迸"意。

④ "老兔"句：化用李贺《梦天》"老兔寒蟾泣天色"意。

⑤ 舳（zhú）舻（lú）衔尾：船与船首尾相接。舳，船后舵。舻，船。

⑥ 粉胸绣臆:泛指歌妓。

过洞庭山

沈德潜

芙蓉缥缈隔烟霞,水国茫茫去路赊。
一望湖光三万顷,两重山色几千家。
甪头有地皆栽橘①,洞口无村不见花。
范蠡何须重吊问,且寻渔艇作生涯。

【作者介绍】

沈德潜(1673—1769),清代诗人,字确士,号归愚,长洲(今江苏苏州)人。乾隆四年(1739)进士,授编修,官至礼部侍郎。卒谥文悫。著有《归愚诗文钞》等。

【注释】

① 甪头:山名,位于西山岛牛场山西南,陡入太湖,宋代在此设立甪头巡检司衙署。本诗以点代面,借指西山岛。

九日登贺九岭初见霜叶[①]

沈德潜

陶公爱重九,我意同斯语[②]。
游兴高令节,山行觅侪侣。
已谢篮舆逸[③],遂陟崇冈阻。
宴乐想霸图,传闻匪稽古。
纵步无近寻,流眄有远睹。
隔坞动斋钟[④],半岭闻樵斧。
枫林点轻霜,红叶灿可数。
貌腴神欲凋,浮荣难久处。
超遥偕同游,沉寥感秋序[⑤]。
倚杖伫苍茫,轻烟起平楚。

【注释】

① 贺九岭:在天池山北。天池山有三岭,在北曰贺九岭,相传为吴王贺重九之处,故名。

② 斯语:见陶潜《九日闲居》诗序:"余闲居,爱重九之名。"

③ 篮舆:竹轿。

④ 斋钟:寺院中斋食时敲的钟声。

⑤ 沉(xuè)寥:空旷虚静貌。

己亥腊八日访竺禅师遇愿公①

徐崧

闻道云居去,良辰此会难。
灯光开古塔,幡影动空坛。
叶落乌啼苦,霜清雁度寒。
庐山一片月,还向瑞光看②。

【作者介绍】

徐崧(生卒年不详),清代诗人,字松之,号臞庵居士,吴江(今属江苏苏州)人。

【注释】

① 己亥:顺治十六年(1659)。竺禅师:瑞光寺僧。本诗是徐崧游瑞光寺,访竺禅师时所作。

② 瑞光:指瑞光寺及瑞光塔,在苏州盘门内,宋真宗景德元年(1004)建。今寺已毁,塔岿然独存。

同王筑嵒登弥罗宝阁①

徐崧

岁暮过仙观,巍然宝阁雄。
灯光摇碧落,香雾霭寒空。
迥出三清上②,回看一郡中。
森罗都在眼,谁不叹神工。

【注释】

① 王筑嵒:徐崧友人,生平不详。弥罗宝阁:苏州玄妙观内三十余座殿阁之一。

② 三清:玄妙观正殿三清殿。

时寓东园晚过西园作①

徐崧

西园跬步近②,日晚偶过从。
不料清歌地,还瞻古佛容。
露光千树月,风度一声钟。
惆怅依人世,纷纷总向空。

【注释】

① 东园：即留园。西园：在阊门外虎丘路。元代此处有归元寺，明人徐泰时改建为西园，崇祯间改建为戒幢律寺，为江南名刹之一。

② 跬步：半步，相当于今之一步，喻数量少，距离近。

登天平山顶兼忆幼时得见参议公居园之盛①

徐崧

直上丹霄一径悬，俯看众岭接湖烟。
高僧榻置青莲洞，独客瓢盈白乳泉。
岌岌危峰非着地，林林锐石尽朝天。
犹思参议居园日，蜃阁虹桥赛列仙。

【注释】

① 参议公：范仲淹十七世孙范允临。范允临（1558—1641），字长倩，华亭（今上海松江）人。历仕南京兵部主事、云南提学佥事，因守城御贼有功，迁福建布政司参议。允临未赴任，辞官归苏，修建天平山庄。徐崧重游天平山时，回忆幼年亲见范允临天平山庄招饮名士场面，有感而作本诗。

范文正公祠

李 果

石笋排空山骨清,范公祠庙俨峥嵘。
独从天下关忧乐,尚想胸中富甲兵。
晚穗迎霜遗断陇,寒乌啼月傍丹楹。
先皇银榜龙章在①,红树阶前交映明。

【作者介绍】

李果(1678—1750),清代诗人,字硕夫,号客山,长洲(今江苏苏州)人。布衣,与沈德潜齐名,同游叶燮之门,称"沈李"。著有《咏归亭诗钞》《在亭丛稿》。

【注释】

① "先皇"句:句下自注:"康熙四十四年,圣祖题'济时良相'四字,榜其祠。祠前有枫树三十株。"先皇,李果是乾隆时人,故称康熙为先皇。

泛艇木渎[①]

李 果

晨光初泛艇,流水枕清酣。
风定晴湖渺,云生远岫含。
梨花明月寺[②],芳草牧牛庵[③]。
多景灵岩近[④],乘春取次探。

【注释】

① 木渎:镇名,在灵岩山前。相传吴王得越国所献之神木,将筑姑苏台,积木塞满沟渎,故称其地为木渎。

② 明月寺:在木渎山塘后,始建于五代后唐,清光绪时重修。

③ 牧牛庵:在木渎镇,已毁。

④ 多景:木渎有十景,为法云古松、白塔归帆、南山晴雪、斜桥分水、虹桥晚照、下沙落雁、山塘榆荫、灵岩晚钟、姜潭渔火、西津望月。

自石湖至横塘二首

厉 鹗

楞伽山顶湿云堆,噤痒桃花出废台①。
万顷吴波摇积翠,春寒来似越兵来②。

青山断处水连村,踏草无人见履痕。
为爱横塘名字好,梦肠他日绕吴门③。

【作者介绍】

厉鹗(1692—1752),清代诗人,字太鸿,号樊榭,钱塘(今浙江杭州)人。康熙五十九年(1720)举人。博览群书,著述甚富,著有《樊榭山房集》《宋诗纪事》《南宋院画录》等。

【注释】

① 噤痒:忍寒之状。废台:指上方山上的拜郊台。
② 越兵来:点越来溪意。
③ "梦肠"句:化用《三国志·吴书·孙坚传》裴松之注引《吴书》:"母怀妊坚,梦肠出绕吴昌门。"

五人墓①

桑调元

吴下无斯墓,要离冢亦孤②。
义声嘘侠烈,悲吊有屠沽。
阘冗朝廷党③,峥嵘里巷夫。
田横岛中士④,足敌五人无?

【作者介绍】

桑调元(1695—1771),清代诗人,字伊佐,号弢甫,钱塘(今浙江杭州)人。雍正十一年(1733)进士,官工部主事,曾主讲濂溪书院。著有《弢甫集》《五岳集》。

【注释】

① 五人墓:在苏州山塘街。明天启年间,宦官魏忠贤擅权,杀害忠良,派人到苏逮捕周顺昌,激起市民暴动,颜佩韦、杨念如、马杰、沈扬、周文元五人被杀,苏州市民将他们葬在魏忠贤废祠内。

② 要离:春秋时刺客,为吴公子光刺杀王僚,其墓在阊门外。

③ 阘(tà)冗:指品格卑鄙的人。

④ 田横:齐国贵族,楚汉相争时自立为王。汉立,他与部属五百余人逃入海岛。汉高祖派人招他,他耻于事汉,在洛阳附近自杀,其部属也都自杀。

戊寅岁元夕网师园张灯合乐即事①

彭启丰

试灯佳节卷晶帘②,把盏征歌韵事兼。
梅圃雪飘封玉树,冰池云散露银蟾。
星桥乍架春初转③,画舫新移景又添④。
漫听村南喧鼓吹⑤,家家竹马驻茆檐。

头番风信报芳菲⑥,小筑云房锦绮围⑦。
万象眼前抒乐意⑧,一枝尘外对清晖⑨。
自将椒酒供春酒⑩,好整莱衣作舞衣⑪。
莫怪比邻来往熟,同赓将母赋旋归⑫。

【作者介绍】

彭启丰(1701—1784),清代诗人,字翰文,号芝庭、香山老人,长洲(今江苏苏州)人。雍正五年(1727)状元及第,历仕吏部侍郎、兵部尚书,致仕后主讲苏州紫阳书院。著有《芝庭诗文稿》。

【注释】

① 戊寅岁:清乾隆二十三年(1758),此时,网师园园主是宋宗元。

② 试灯佳节：正月十五日为灯节，吴地于此日试灯，三日后收灯。

③ 星桥：桥灯，以七夕牛郎织女鹊桥相会为题材。

④ 画舫：苏州著名的灯彩。

⑤ 喧鼓吹：元宵节敲击锣鼓铙钹，俗称"闹元宵"。

⑥ 头番风信：即梅花的花信风。

⑦ 云房：僧道或隐士的居处。

⑧ 万象：瓷器，象形，身背万年青，取"万象更新"之意。

⑨ 一枝：指网师园内竹外一枝轩。

⑩ 椒酒：用花椒浸制的酒。春酒：子孙上椒酒给家长，祝贺长寿。

⑪ 莱衣：五色斑斓衣。古代有老莱子，年七十，着五色斑斓衣，作小儿状舞于双亲前，事见《列女传》。

⑫ 将母：赡养母亲。旋归：指园主宋宗元归苏养亲事。

葑门口号①

钱 载

灭渡桥回柳映塘②，南风吹郭不胜香。
湖田半种紫芒稻，麦笠时遮青苎娘③。

【作者介绍】

钱载（1709—1793），清代诗人，字坤一，号萚石，又号瓠尊、万松居士，秀水（今浙江嘉兴）人。乾隆十七年（1752）进士，历仕翰林院编修、内阁学士、山东提学使、礼部侍郎。著有《萚石斋诗集》。

【注释】

① 葑门：苏州城东门。口号：随口吟成的诗。本诗作于乾隆五年（1740），描写苏州城郊的夏日风情。

② 灭渡桥：即觅渡桥，又名接渡桥，在葑门外东南，跨大运河上。

③ 青苎娘：穿着青色苎麻夏衣的妇女。

望 石 湖

钱 载

治平寺南湖翠昏，柳枝荍叶见滩痕。
楞伽不管无情雨①，一夜吹花落范村②。

【注释】

① 楞伽：山名。

② 范村：范成大居处。花：此处指梅花。范成大《梅谱》自序

《天平山景图》
清·王炳绘

云:"余于石湖玉雪坡既有梅数百本,比年又于舍南买王氏僦舍七十楹,尽拆除之,治为范村,以其地三分之一与梅。吴下栽梅特盛,其品不一,今始尽得之,随所得为之谱,以遗好事者。"

题天平揽胜图为珊珊女子作[①]

袁 枚

一线盘空上[②],天平景最清。
松林秋寺古,峰影太湖明。
云压裙钗湿,风吹环佩鸣。
诗成谁作答,绕屋有泉声。

【作者介绍】

袁枚(1716—1797),清代诗人,字子才,号简斋、随园老人、小仓山居士,钱塘(今浙江杭州)人。乾隆四年(1739)进士,授翰林院庶吉士,历仕溧水、江浦、沭阳、江宁知县,有政声。善诗,创性灵说,与赵翼、蒋士铨并称"乾隆三大家"。著有《小仓山房集》《随园诗话》等。

【注释】

① 珊珊:即清代女诗人吴琼仙(1768—1803),字子佩,号珊珊,吴江平望(今属江苏苏州)人。翰林待诏徐达源(苏州吴江黎里人)

之妻。工诗,为袁枚女弟子,擅书能画。著有《写韵楼诗草》。《天平揽胜图》为记游之作,今已失传。

② 一线:即一线天,又名龙门。

宿苏州蒋氏复园题赠主人① (选四)

袁 枚

缥带横陈万卷余②,娜嬛小犬镇相于③。
人生只合君家住,借得青山又借书。

碧槛红阑屈曲成,海棠含雨近清明。
半池雪霁水微绿,坐看野塘春草生④。

亭孤容易夕阳斜,宝塔金泥射落霞。
每到细烟生水上,晚乌啼出隔墙花。

青山颜色主人恩,相别能教不断魂?
水竹风情花世界,恰曾消受几黄昏。

【注释】

① 复园:乾隆初年,苏州拙政园之中部归苏州太守蒋棨所有,他

勤加修葺，恢复拙政园之旧观，故名曰复园。

② 缥带：淡青色的结扎书衣或书囊的带子。万卷：蒋棨得园后，于园中藏书万卷，名流来园观赏，流连诗酒，亦文坛盛事，有《复园嘉会图》传世。

③ "嫏嬛"句：指蒋氏整日与书籍、小犬为伴。嫏嬛，同琅嬛，指琅嬛福地，传说中的神仙洞府。伊世珍《琅嬛记》载，晋代张华游洞宫，至一处，大石中开，别有天地，宫中陈列奇书，多所未闻者。华问其地，曰"琅嬛福地"也。本诗借以指复园中的藏书处。

④ "坐看"句：出自谢灵运《登池上楼》"池塘生春草"句。

山塘绝句

赵 翼

普惠祠基筑短墙①，五人墓木独苍苍。
山塘满路皆脂粉，可少秋风侠骨香②。

【作者介绍】

赵翼（1727—1814），清代学者、诗人，字云崧，一字耘松，号瓯北，阳湖（今江苏常州）人。乾隆二十六年（1761）进士，历仕翰林院编修、镇安知府、广州知府、贵西兵备道。辞官居家后，主讲扬州安定书院。著有《瓯北集》《瓯北诗话》。

【注释】

① 普惠祠：魏忠贤的生祠。

② 侠骨：指五人不畏强暴的侠义精神。

晓登灵岩

朱方蔼

晓闻灵岩钟，遂入灵岩路。
石磴转百盘，山花泫春露。
白云与空翠，苍茫色交互。
须臾旭日升，禅关散轻雾。
凌空一纵目，好景悉奔赴。
点点太湖云，重重吴苑树。
千里欲穷形，更上琴台去。

【作者介绍】

朱方蔼（生卒年不详），清代诗人，字吉人，号春桥，桐乡（今属浙江）人。朱彝尊族孙，沈德潜弟子，工诗文，通画理。著有《红桥载酒集》《春桥诗选》。

吴中杂咏三首

朱方蔼

亚字城西柳万条①，金阊亭下水迢迢。
吴娃买得蜻蜓艇②，穿过红栏四百桥③。

蕙草初香二月天，白公堤畔柳如烟④。
讨春年少携筝笛，齐上吴娘六柱船⑤。

十里荷香明镜间，扁舟来往乐渔蛮⑥。
柳阴深处凉风起，独占吴王消夏湾。

【注释】

① 亚字城：吴城形如"亞"字。朱长文《吴郡图经续记》："郡城之状，如亞字。"

② 蜻蜓艇：一称舴艋艇。

③ 红栏四百桥：唐白居易《正月三日闲行》："红栏三百九十桥。"

④ 白公堤：即山塘街，白居易任苏州刺史时，开塘筑堤，自阊门至虎丘，名虎丘寺路，又称白公堤。

⑤ 六柱船：春游小船，用六柱，红幕青盖。

⑥ 渔蛮：即渔人。

卖花声

过尧峰女真院①

朱方蔼

芳草满平沙,路绕峰遮。前途遥指石梁斜。一夜雨余春水足,流出桃花。　门外结篱笆,鸾鹤人家。经床丹鼎送年华②。料得绿窗尘梦断,常伴烟霞。

【注释】

① 尧峰:峰名,在苏州城西南横山。女真院:道观名。
② 经床:放置道经的架子。丹鼎:炼丹之鼎。

寒碧庄杂咏①

潘奕隽

绿荫轩②

华轩窈且旷,结构依平林。
春风一以吹,众绿森成阴。
流波漾倒影,时鸟送好音。

栏边花气聚,柳外湖光沉。
自非餐霞客,谁识幽居心。

卷石山房③

卷石洵幽奇,一一罗窗户。
根含莫厘云,穴滴太湖雨。
秀色分遥岑,烟光来隔浦。
幽人不出门,岚翠环廊芜。
疑有旧题名,剜苔坐怀古。

【作者介绍】

潘奕隽(1740—1830),清代诗人,字守愚,号榕皋、水云漫士、三松老人,吴县(今江苏苏州)人。乾隆三十四年(1769)进士,历仕内阁中书、户部主事,典试黔中。五十岁时引疾归田,优游林泉数十年。工诗,擅书画。著有《三松堂诗集》。

【注释】

① 寒碧庄:即留园,原为明徐泰时私家花园"东园",乾隆五十九年(1794)归刘恕,由其经营改建,更名为"寒碧庄"。

② 绿荫轩:为寒碧庄中一座临水小轩,取明代高启《葵花》"艳发朱光里,丛依绿荫边"诗意为名。

③ 卷石山房:即今留园之"涵碧山房",是寒碧庄中部的主要厅堂,前有平台,临宽池,园中山峦林木、楼亭桥榭尽在眼中。

初九乘月自东山放舟至西山消夏湾宿荷花间①

洪亮吉

荷花碍月舟不前,花气熏客宵难眠。
三更一棹破花出,客梦尚结花香边。
东山荷花十里长,千枝万枝送客忙。
花朵露滴波心凉,西山荷花一湾好。
千枝万枝迎客早,曙色上波花愈姣。
杨梅树绕荷花湾,深紫已落新红殷②。
荷花香破梦亦阑,再转已入仙人关③。

【作者介绍】

洪亮吉(1746—1809),清代诗人,字稚存,号北江,阳湖(今江苏常州)人。乾隆五十五年(1790)进士,历仕翰林院编修、贵州学政。因指斥时弊,落职发戍伊犁,翌年赐还,归居里门。诗与黄景仁齐名,合称"洪黄"。著有《洪北江全集》。

【注释】

① 据《清嘉录》载,消夏湾遍植荷花,游人月夜放棹纳凉,皓月澄波,花香云影,使人流连忘返。

② 深紫:指杨梅。新红:指荷花。

③ 仙人关:仙境。

网师园二首①

洪亮吉

太湖三万六千顷,我与此君同枕波②。
欲羡水西湾子里,输君先已挂渔蓑。

城南那复有闲廛③,生翠丛中筑数椽。
他日买鱼双艇子,定应先诣网师园。

【注释】

① 网师园:在苏州葑门内阔家头巷,清宋宗元筑园,名之曰"网师",寓渔隐之意。后归太仓瞿远村,改称"瞿园"。

② 此君:指园主瞿远村。

③ 廛:一户所居之地曰廛。

临江仙

苏 州

洪亮吉

红鹤溪山乌鹊馆①,金阊从古繁华②。三分楼阁二分花。一分留隙地,随分种桑麻。　　海物新奇争入市③,晨餐都厌鱼虾。等闲吴语六时哗④。笙歌丛作队,脂粉泻成洼。

【注释】

① 红鹤:即朱鹭。乌鹊馆:春秋时吴国建造的三大别馆之一。
② 金阊:城门名,这里代指苏州。
③ 海物:海鲜食品。
④ 时:古代分一天为十二时辰,一个时辰相当于两小时。

虎丘三首①(选二)

吴锡麟

水阁家家风幔开,画栏曲折粉塘回。
冶香轻似落花过,快橹瞥如飞燕来②。

看红看白数花枝,传唱朱翁乐府词③。

一半樱桃一半笋④,送春天气不多时。

【作者介绍】

吴锡麟(1746—1818),清代诗人,字圣徵,号穀人,钱塘(今浙江杭州)人。乾隆四十年(1775)进士,历仕翰林院编修、国子监祭酒。著有《有正味斋集》。

【注释】

① 这一组诗共三首,描写了真娘墓、山塘以及送春节物,这里选了第二、第三首。

② 瞥(piē):过目,在眼前很快掠过。

③ 朱翁:朱彝尊。

④ "一半"句:句下自注:"竹垞翁有虎丘《一半儿》乐府,中有句云:'一半儿樱桃,一半儿笋。'"

唐多令

题友人停车枫林图

吴锡麟

树色入秋肥,霜风叶叶知。车中人读画中诗。疑是老渔来结伴,沿浅渚,照红衣。 远路白云迷,何村曳酒旗。花非花处夕阳时。天气已寒宜薄醉,驱且去,过桥西。

太湖舟中

孙原湘

只有天围住,清光万顷圆。
四无云障碍,一气水澄鲜。
日映鹭皆雪,风吹帆欲仙。
莲花波上立①,知是莫厘巅。

【作者介绍】

孙原湘(1760—1829),清代诗人,字子潇,号心青,昭文(今江苏常熟)人。嘉庆十年(1805)进士,历仕翰林院庶吉士、武英殿协修官,历主毓文、紫琅、娄东、游文诸书院讲席。擅诗,也善画,与舒位、王昙齐名。著有《天真阁集》。

【注释】

①莲花:形容莫厘峰之形态。

《洞庭秋月图》 清·王愫绘

题倪瓒狮子林图

吴 修

画到狮林绝代无,自应名迹冠倪迂①。
两家笔墨能兼采,更看荆关看此图②。

【作者介绍】

吴修(1764—1827),字子修,号思亭,又号笥奴,浙江海盐人。流寓嘉兴。工书画,画山水得王洽泼墨法,兼善写生。著有《吉祥居存稿》《青霞馆论画绝句》。

【注释】

① 倪迂:即倪瓒。
② 荆关:荆浩和关仝,都是著名的山水画家。

月夜出西太湖作五首

舒 位

风来云去月当头,消夏湾边接素秋。
如此烟波如此夜,居然着我一扁舟。

不抽帆子不安桅,两桨霜花细细开。
半夜横风吹不断,青山飞过太湖来。

瑶娥明镜淡摩空①,龙女烟绡熨贴工。
倒卷银潢东注海,广寒宫对水晶宫②。

忽忆鸱夷范大夫,竟将此水沼全吴③。
不知偷载西施去,也有今宵月子无。

星星渔火近吴江,听唱流人水调腔④。
一角红楼深树杪,为谁风露夜开窗。

【作者介绍】

舒位(1765—1815),清代诗人,字立人,号铁云,直隶大兴(今属北京)人。乾隆五十三年(1788)举人,家贫,以馆幕为生,在苏州居住了很久,有不少题咏苏州风物的诗作。著有《瓶水斋诗集》。

【注释】

① 瑶娥:嫦娥。
② 广寒宫:月中宫殿名。
③ 沼全吴:灭亡吴国。语出《左传》:"吴其为沼乎?"
④ 流人:原为流放边地的人,这里泛指流浪在外的人,亦是诗人自指。水调:曲调名,为商调曲,声调怨切。

徐琢珊秀才邀游狮子林作①

舒 位

到此洞门开，不觉俯而入。
小山宫大山，风雨通呼吸。
仄径蚁曲穿，幽岩虫渐蛰。
低引一泉流，险凿四壁立。
何殊循墙走，颇欲择木集。
百转百丘壑，一步一阶级。
缩地无近谋，漏天有余涩②。
云林老画师③，笔笔不相袭。
凝神惨经营④，弹指妙结习⑤。
狮以石粼粼，龙以松粒粒。
咫尺顷刻间⑥，尔我不暇给⑦。
入山何必深，入林何必密！

【注释】

① 本诗重点题咏狮子林园中假山。徐琢珊秀才：生平不详。
② 漏天：洞隙中漏下天光。涩：不通畅。
③ 云林：倪瓒，字元镇，号云林。
④ 惨经营：精心构思，用杜甫《丹青引赠曹将军霸》："意象惨

淡经营中"句意。

⑤ 弹指：顷刻间，佛家语，《翻译名义集》引《僧祇律》："二十念为瞬，二十瞬为弹指。"结习：佛家语，指人世的欲望，此指倪瓒的癖好。

⑥ 咫尺：指叠假山之手法，如绘画中"咫尺之间便有万里之遥"的气象。

⑦ 不暇给：假山胜景给人以目不暇接的感觉。

八月十八日石湖串月逢雨

舒 位

十五游虎丘，十八石湖游。
吴侬只爱看秋月，不管阴晴与圆缺①。
过横塘，接上方。荡柔橹，飞华舫。
石湖居士知何处②？湖中之水流无住。
不须月子唱弯弯③，斜风细雨归家去④。

【注释】

① "不管"句：用苏轼《水调歌头》"月有阴晴圆缺"句。

② 石湖居士：指范成大，居苏州石湖，自号石湖居士。

③ 月子唱弯弯：吴中棹歌句。王世贞《艺苑卮言》："吴中棹歌云：'月子弯弯照九州，几家欢乐几家愁。'"

④ "斜风"句：用张志和《渔歌子》"斜风细雨不须归"意。

己亥杂诗① （选一）

龚自珍

拟策孤筇避冶游，上方一塔俯清秋②。
太湖夜照山灵影③，顽福甘心让虎丘④。

【作者介绍】

龚自珍（1792—1841），清代诗人，一名巩祚，字璱人，号定盦，仁和（今浙江杭州）人。道光进士，官礼部主事。工诗，风格瑰丽奇肆。著有《龚自珍全集》。

【注释】

① 己亥：道光十九年（1839）。此年诗人辞官南归，沿途写下一组七言绝句诗三百十五首，题为"己亥杂诗"。这里选录其中一首记录诗人游上方山的诗。
② "上方"句：句下自注："上方山在太湖南。"
③ 山灵：山神。
④ 顽福：指世俗庸人的福气，与首句呼应，即指"冶游"而言。

侨寓吴门，葑城东旧囿名曰耦园，落成纪事①

沈秉成

不隐山林隐市朝②，草堂开傍阖闾城③。
支窗独树春光锁，环砌微波晚涨生。
疏傅辞官非避世④，阆仙学佛敢忘情⑤？
卜邻恰喜平泉近⑥，问字车常载酒迎⑦。

【作者介绍】

沈秉成（生卒年不详），清代诗人，字仲复，归安（今浙江湖州）人。咸丰进士，历仕安徽巡抚、两江总督。后寓居吴中，与继室严永和唱和。著有《联吟集》。

【注释】

① 耦园：在苏州城东仓街小新桥巷，原为陆锦"涉园"旧囿，清末，沈秉成退隐后来苏改建为"耦园"。
② 隐市朝：身居市朝而过隐居生活。语出王康琚《反招隐》："小隐隐陵薮，大隐隐朝市。"
③ 阖闾城：苏州古城，因吴王阖闾时所建，取以为号。
④ 疏傅：指汉代疏广、疏受叔侄两人，他们都在任少傅后称病辞官还乡。
⑤ 阆仙：唐代诗人贾岛，字阆仙，曾出家为僧，后还俗。

水涧峰高势
绝尘题寻旧
句景吟新范
家条改雄留
骑不惠江湖放
浪人

派分震
泽洞庭
滨玄越
入湖此
问津手
载後能
居此者
幸他猶
是范家
人

《石湖图》　明·文徵明绘

⑥ 平泉：平泉庄，唐李德裕的别墅，在洛阳，这里借指拙政园。

⑦ "问字"句：反用黄庭坚《谢送碾壑源拣芽》"客来问字莫载酒"诗意。

石湖棹歌百首① （选四）

许 锷

殿阁玲珑峙上方，浮屠七级放灵光。
山魈木客繁香火②，赢得僧徒赚利忙③。

矮桥斜日挂鱼罾④，新水初添爽气澄。
相约晚沽新郭酒，瓦盆端整煮红菱⑤。

挽手旗亭折柳枝⑥，卖茶此去莫迟迟。
饷郎幸有梅湾藕⑦，牵引柔情似此丝。

快雪湖中亦大观，塔尖微露碧云端。
平铺石磴浑如粉，始信山名是磨盘⑧。

【作者介绍】

许锷（生卒年不详），字达夫，号颖叔，自号瓢隐居士，吴县

(今江苏苏州)人。咸丰年间布衣,家莳门。著有《异苔同岑集》《石湖棹歌百首》。

【注释】

① 石湖棹歌百首:今传手抄本,历史学家谢国桢从苏州书肆购得。跋云:"诗极隽秀,描绘江乡风物,小市人家,如身临其境,不减范石湖《田园杂兴》之诗。"这里选录四首。

② 山魈木客:传说中的山间精怪,此指五通神,巫师妄言上方山娘娘五子死后为神,能使人得祸福,因而香火极盛。

③ 僧徒赚利忙:苏地旧时有八月十七日"上方山借阴债"之习俗,寺僧借此牟利。

④ 罾(zēng):鱼网。

⑤ 端整:苏州方言,意谓准备齐全。

⑥ 旗亭:酒楼。

⑦ 饷(xiǎng):馈赠。

⑧ 磨盘:即盘磨山,茶磨屿之俗名。

五人墓傍见杜鹃花

姚 燮

春色尽零落,杜鹃花自娇。
低枝皆向日,力弱易风摇。

碧血为谁化①？丹心殊未消②。
我来瞻遗墓，即此想英标。

【作者介绍】

姚燮（1805—1864），清代诗人，字梅伯，号复庄、大梅山民，镇海（今浙江宁波）人。道光十四年（1834）举人。善诗词，又擅绘画。著有《大梅山馆集》。

【注释】

① 碧血：《庄子·外物》："苌弘死于蜀，藏其血，三年而化为碧。"
② 丹心：赤诚之心。郑元祐《张御史死节歌》："孤忠既足明丹心，三年犹须化碧血。"

孙氏隐啸园七章①（选四）

姚 燮

过墙澹黄柳，侧眼看春人。
裙屐复今日，年华非去春。
桐花白团扇，茜叶紫泥裀②。
高座传浘酒③，醉歌聊及辰。

翠栝蜷屏石④,虚堂面石开。
画厨生朽蠹,琴簟上初苔。
遥夜青天月,谁斟白玉罍。
风流孙曼叔⑤,绝迹吊龙媒⑥。

青戟美人营⑦,匝窗荷万茎。
鸳鸯迎榜出,翡翠蹙烟行。
武子有新庙⑧,阖闾无故城⑨。
指麾春女队,忆昔教吴兵⑩。

人倚万竹上,高楼对酒楼。
酒香吹雨过,楼影入江流。
江上生芦叶,烟边隐白鸥。
待伊芦叶长,此地定宜秋。

【注释】

① 孙氏:即孙星衍(1753—1818),字伯渊,号渊如,阳湖(今江苏常州)人。乾隆五十二年(1787)进士,历仕刑部主事、山东布政使,辞官后主讲扬州安定书院、绍兴蕺山书院。著有《芳茂山人诗录》。隐啸园:在虎丘山塘斟酌桥,原为薛雪别业,任兆炯改建为一榭园,后归常州孙星衍,改名忆啸园,又名隐啸园。其左又建孙武子祠。

② 裀:垫子。

③ 渑酒：《左传》："有酒如渑。"渑，渑水，源出山东临淄县西北，注入时水。

④ 栝：桧树。

⑤ 孙曼叔：指孙星衍。句下自注："谓渊如观察。"

⑥ 龙媒：骏马。刘彻《天马歌》："天马徕兮龙之媒。"

⑦ 青戟：指莲荷之茎叶。

⑧ 武子：孙武，春秋时齐人，著有《孙子兵法》。新庙：句下自注："园在虎丘山麓，本孙武子庙，其裔孙阳湖孙氏拓基建园。"

⑨ 阖闾无故城：谓春秋时所建之苏州故城已毁。

⑩ 教吴兵：吴王阖闾命孙武训练吴兵，先以宫女试之，宫女嬉笑不从令，孙武斩其队长，再指挥之，宫女进退无不从命。阖闾乃用孙武为将，遂霸诸侯。事见《史记·孙子吴起列传》。

曲园落成，率成五言五章，聊以纪事① （选一）

俞　樾

曲园虽褊小，亦颇具曲折。
达斋认春轩，南北相隔绝。
花木隐翳之，山石复巘屼②。
循山登其巅，小坐可玩月。
其下一小池，游鳞出复没。
右有曲水亭，红栏映清冽。

左有回峰阁,阶下石凹凸。
遵此石径行,又东出自穴。
依依柳阴中,编竹补其阙。
筑屋名艮宦③,广不逾十笏④。
勿云此园小,足以养吾拙。
别详曲园记,吾兹不具说。

【作者介绍】

俞樾(1821—1907),清代学者、诗人,字荫甫,号曲园,德清(今属浙江)人。道光进士,官翰林院编修、河南学政,后讲学于诂经精舍。中年移家苏州,在马医科构筑寓所,名曰"曲园"。著有《春在堂全集》。

【注释】

① 俞樾《曲园记》:"曲园者,一曲而已,强被园名,聊以自娱者也。"这一组曲园纪事诗共五章,本诗为第四章,概述曲园面貌。

② 嶭屼(nièwù):山石高而光滑。

③ 艮宦:与前面提到的达斋、认春轩、回峰阁均为寓所之建筑名。

④ 笏:古代臣子上朝时所执之手板,有事书其上,以备忘。

消夏湾

姚承绪

奇境逶迤九里湾,一湖风色万峰环。
招凉馆启云弥窟,避暑宫成月掩关[①]。
桔柚千头烟外树,芙蕖四面画中山。
金舆玉辇曾游地,水榭笙歌落照间。

【作者介绍】

姚承绪(生卒年不详),清代诗人,字缵宗,一字八愚,吴县(今江苏苏州)人。博学能文,尤肆力于诗,吴中胜景题咏殆遍。著有《留耕堂诗集》。

【注释】

① 避暑宫:范成大《吴郡志》卷十八:"消夏湾,旧传吴王避暑处。"

四柏行[1]

黎光曙

司徒庙前四古柏,森然布列各殊状。
一株郅偈干云霄[2],众条纷敷酌宜当。
气象尊严若王者,雍容冠服朝堂上。
一株标异在肤理,蹇产诧若缠丝纩[3]。
骨节错镏中藏棱[4],劲枝折铁谁敢抗。
其中一株伸两爪,驳牵如獬不相让[5]。
又如奇鬼欲攫人,伏地侦伺翘首望。
迆西一枝尤绝奇,皮之仅存无腑脏。
首尾至地枝仰撑,其中豁开外健壮。
世间万木总雷同,此四株者傥新创[6]。
吁嗟造物有意无,伫立斯须为惆怅。

【作者介绍】

黎光曙(生卒年不详),清代诗人,字吉云,湘潭(今属湖南)人。道光进士。

【注释】

① 四柏:指光福夏驾山东麓司徒庙内的四株汉柏,古柏形态各

异,乾隆南巡时命名为"清""奇""古""怪"。沈复《浮生六记》描绘四柏云:"清者一株挺直,茂如翠盖;奇者卧地三曲,形同之字;古者秃顶扁阔,半朽如掌;怪者体似旋螺,枝干皆然。"

② 郅偈(zhìjié):矗立的样子。

③ 蹇产:弯曲不直。纩(kuàng):新的丝绵。

④ 锴鐕(kǎijī):坚固的金属。

⑤ 趹犇(juéfèn):跳跃腾扑。

⑥ 傥:倘若。

怡 园① (选二)

李鸿裔

叠石疏泉不数旬,水芝开出似车轮②。
石幢一尺桃花雨③,便有红鱼跳绿萍。

千夫邪许立奇礓④,万石夥颐山绕廊⑤。
更展袖中修月手⑥,挽得银汉作银塘。

【作者介绍】

李鸿裔(生卒年不详),清代诗人,字眉生,中江(今属四川)人。咸丰元年(1851)举人,官江苏按察使。居苏,得瞿氏网师园,经葺治易名为"苏邻小筑"。著有《苏邻遗诗》。

【注释】

① 怡园：在苏州人民路尚书里，原为明代吴宽的住宅，顾文彬得之，葺治为"怡园"。
② 水芝：荷花。《群芳谱》："荷为芙蕖花，一名水芙蓉，一名水芝。"
③ 桃花雨：农历二月的雨。
④ 邪许：象声词，劳作时的呼号声。奇礓：怪石。
⑤ 夥颐：众多，语出《史记·陈涉世家》。
⑥ 修月手：修理月亮的手。段成式《酉阳杂俎·天咫》载，月亮乃由七宝合成，常有八万二千户为之修理。

姑苏道中杂诗（选二）

李慈铭

唯亭灯火近黄昏①，一夕江潮长旧痕。
睡起耳中满吴语，绿杨烟晓泊阊门。

夜夜金阊载酒游，家家明月水边楼。
画船渐近箫声细，小队银灯下虎丘。

【作者介绍】

李慈铭（1830—1895），清代学者、诗人，字悉伯，号莼客、越缦,会稽(今浙江绍兴)人。光绪进士,官至江西道监察御史。博学工诗,著述颇多。著有《白华绛跗阁诗集》。

【注释】

① 唯亭:一作夷亭,在苏州东北三十五里。陆广微《吴地记》:"阖闾十年,东夷侵逼吴境,下营于此,因名之。"

石 壁①

汪 芑

憨公栖隐处②,山背精舍辟。
峭壁疑削成,晴耸太古碧。
茶烟飏禅榻,竹色照岸帻③。
空翠不可扪,清寒落几席。
夕阳半岭秀,云气全湖白。
翛然埃壒外④,高吟愧谢客⑤。

【作者介绍】

汪芑(生卒年不详),清代诗人,字燕庭,吴县(今江苏苏州)人。工词赋,人称"盘溪才子"。著有《茶磨山人诗集》。

【注释】

① 石壁：在光福蟠螭山顶，面对太湖，景色奇绝，山形陡峭，四周为石壁，故名，有石壁庙。

② 憨公：憨山大师，他在明嘉靖年间于石壁建永慧禅寺，又名石壁庙。

③ 岸帻：头巾向上掀起，露出前额。

④ 翛（xiāo）然：无拘无束的样子。壒（ài）：尘埃。

⑤ 谢客：即谢灵运，小字客儿。

石公八咏①

秦敏树

石　公

石公偕妇隐，万古栖烟渚。
不知离别愁，相对耐风雨。

归云洞

白云识归路，依依寻洞口。
洞中石佛寒，衣藉白云厚。

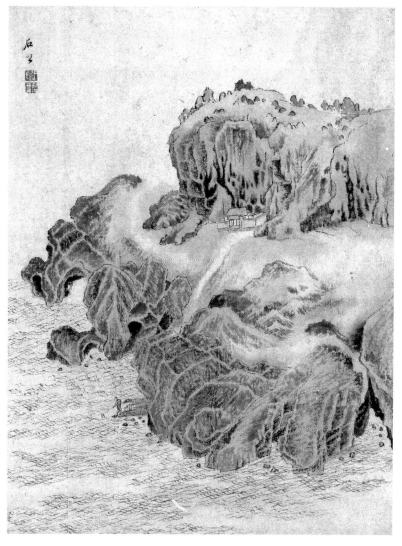

《石公图》 明·张宏绘

云 梯

山梯走苔迹,直上浮云端。
青天无可阶,独立愁高寒。

剑 楼

飞云劈剑楼,石破老蛟泣。
未得斩楼兰②,苍茫倚天立。

来鹤亭

室亭上碧落③,何人招鹤来。
寂寂青山里,桂花开复开。

联云障

山云凝碧青,湖云涨新白。
云中古仙人,留云卧秋夕。

一线天

山间别有天,一线漏秋雨。
雨霁天更青,茫茫开太古。

夕光洞

山高受朝阳,洞深含夕照。

塔影倒入湖④，惊起苍龙啸。

【作者介绍】

秦敏树（1828—1910?），清代诗人，字散之，号冬木老人、林屋山人，吴县（今江苏苏州）西山秦家堡人。曾任浙江候补县丞，后弃官回故里。其诗受俞樾赏识，俞樾曾为其诗集作序。著有《小睡足寮诗录》。

【注释】

① 石公：山名，位于西山岛东南隅，因山前有巨石如老翁，故名。
② 斩楼兰：用王昌龄《从军行》"不斩楼兰终不还"意。楼兰，本汉代西域国名，后代泛指西北边地侵扰中原的敌人。
③ 碧落：天空。白居易《长恨歌》："上穷碧落下黄泉。"
④ 塔影：夕光洞顶上端有两块巨石，其一如浮图倒悬，俗称"顶倒塔"。塔影指此石影。

夜宿天平兼山阁①

徐文锡

春游澹忘归，夜与云俱宿。
新月荡客杯，松窗恣遥瞩。
山暝泉逾喧，竹霏露如玉②。

僧雏梵唱传，野寺疏钟续。
孑影寄岩峦③，孤衾梦幽独。

【作者介绍】

徐文锡（生卒年不详），清代诗人，字竹所，吴县（今江苏苏州）人。著有《竹所遗稿》。

【注释】

① 天平兼山阁：在天平山半山白云泉侧，今白云茶室即建于兼山阁遗址上。
② 竹霏：竹林中的雾气。
③ 孑影：诗人孤单的身影。

远村主人召集诸同人网师园看牡丹，即席有作①

于沧来

网师园中何所有？半亩牡丹大如斗。
美人睡起绣被堆②，妃子欲酬小垂手③。
日照东城霞散绮④，双成在前飞琼后⑤。
须臾蹬上锦屏开，万点明星落窗牖。
腰支瘦损倩风扶，薄醉盈盈一回首。

主人好客列华筵,琥珀光洁杯上口。
如仙如梦洛中花⑥,如金如石人间友。
晋卿雅集图长留⑦,太白春游文不朽⑧。
名花名园以人传,风流我辈能不负。

【作者介绍】

于沧来(生卒年不详),清代诗人,字鳌图,苏州人。

【注释】

① 远村:瞿远村,乾隆时人,宋宗元去世后,网师园归瞿氏,重加修葺,又称"瞿园"。

② 绣被堆:状牡丹花团锦簇。语出李商隐《牡丹》:"绣被犹堆越鄂君。"

③ 小垂手:舞蹈有"大垂手""小垂手"之名,此以妃子垂手喻牡丹之状态。

④ 霞散绮:形容牡丹盛开如云霞。语出谢朓《晚登三山还望京邑》:"余霞散成绮。"

⑤ 双成:古代仙女董双成。飞琼:古代仙女许飞琼。此处以仙女喻牡丹。

⑥ 洛中花:牡丹,唐代洛阳盛产牡丹,故名。

⑦ 晋卿:宋代画家王诜,字晋卿。宋代画家米芾画了一幅《西园雅集图》,画中绘苏轼、王晋卿。米芾《西园雅集图记》:"其乌帽黄道服,捉笔而书者为东坡先生,仙桃巾紫裘而坐观者为王晋卿。"

⑧ 春游文:指李白《春夜宴桃李园序》一文。

浣溪沙

从石楼、石壁往来邓尉山中①

郑文焯

一半黄梅杂雨晴,虚岚浮翠带湖明。闲云高鸟共身轻②。山果打头休论价,野花盈手不知名。烟峦直是画中行。

【作者介绍】

郑文焯(1856—1918),清代词人,字小坡,一字叔问,号大鹤山人,奉天铁岭(今属辽宁)人。光绪元年(1875)举人,任内阁中书,及戊戌政变,愤然辞官,居家苏州。擅书、画、词,其词"格调独高,声彩超异",为"清末四大家"之一。著有《樵风乐府》。

【注释】

① 石楼:位于弹山西半坡竹林中,名石楼精舍。石楼与石壁在蟠螭山,均在邓尉山附近。本词作于光绪二十五年(1899)。

② 闲云高鸟:用李白《独坐敬亭山》"众鸟高飞尽,孤云独去闲"诗意。

◎ 近 代 ◎

苏 州 诗 咏 >>>

双塔寺寄友人[1]

吴昌硕

双塔依林表,危楼此暂栖。
湿云低度鸟,朝日乱鸣鸡。
入望烟芜冷,怀人浦树迷。
黄华故园好[2],昨夜梦苕西[3]。

【作者介绍】

吴昌硕(1844—1927),近代书画家、篆刻家,原名俊卿,字昌硕,别号缶庐、苦铁,以字行,安吉(今属浙江)人。诗、书、画、篆刻皆精,名扬海内外。著有《缶庐诗存》。

【注释】

① 双塔寺:在苏州定慧寺巷。唐咸通二年(861)始建般若院,五代时改称罗汉院,北宋时,王文罕兄弟捐资重修殿宇,创建东、西两塔,名为舍利塔和功德舍利塔,俗名双塔。吴昌硕早年侨寓苏州双塔寺,这是他寄给家乡朋友的诗。

② 黄华:即菊花。

③ 苕西:苕溪,在今浙江湖州。

沧浪亭

吴昌硕

白鹤冲霄舞,黄鹂坐树鸣。
石欹亭子破,山铲夕阳平。
中酒诗肠活,临流病眼明。
胸无尘一点,底事濯吾缨①?

【注释】

① 濯吾缨:语出《孟子·离娄》:"有孺子歌曰:沧浪之水清兮,可以濯我缨。"缨,系冠的丝带,古人常用濯缨表示清高自守。

花 犯

题滨虹虎阜探梅图①

金天翮

背金阊,青山迎客,鞭丝绾新柳。稚莺呼酒②。寒拢袖,鳞云罨塔微瘦。醉吟更借梅花逗,诗魂香沁透。费笠屐,远来眺赏,危阑低众岫。　　故人为我写莲峰③,峰如剑,怎比吴山芳茂。楼观富,丹青似出咸宁手④。新烟罩、川原错绣。还点缀、冷英攒翠阜⑤。愿珍重、花时张壁，天寒劳鹤守⑥。

【作者介绍】

金天翮（1874—1947），近代学者、诗人，一名天羽，字松岑，号鹤望，吴江（今属江苏）人。与章太炎同在苏州创国学会，曾任吴江教育局局长、江南水利局局长、光华大学教授。著有《天放楼诗集》。

【注释】

① 滨虹：黄滨虹（1865—1955），近代画家，一作宾虹，原名质，字朴存，歙县（今属安徽）人。滨虹与清末维新派人士多所交往，参加南社诗会。他赠金天翮一幅《虎阜探梅图》，诗人欣然题诗。

② 稚莺：指酒家少女。

③ "故人"句：黄滨虹曾为诗人作《黄山图》。莲峰，指黄山莲花峰。

④ 咸宁：晋武帝司马炎的年号，此形容黄滨虹画有晋人风度。

⑤ 冷英：冷香，指梅花。翠阜：指虎丘。

⑥ 鹤守：鹤相伴。张《虎阜探梅图》于壁，又有鹤相伴，暗用宋代林逋"梅妻鹤子"的典故。

登北寺塔①

金天翮

十万楼台影②,分明脚底看。
只身凌绝顶,孤塔耸云端。
大野回春色,重城锁暮寒。
江山无霸气,高唱拍阑干。

【注释】

① 北寺塔:报恩寺塔的俗称,在苏州平门内。此寺古称通玄寺,三国时代孙权母吴夫人舍宅建寺。五代时钱氏重建寺宇,改名报恩寺。梁代僧正慧始建塔。塔于宋代毁,绍兴中重建,改十一层为九层。

② 十万:唐代苏州有十万户。

山 塘

金天翮

何处春光美,行行七里塘。
水凉浴凫伯,花暖醉蜂王。

画舫移歌扇,青山映宝坊①。
贤愚同一迹,蹑屐为寻芳。

【注释】

① 宝坊:寺庙,此指虎丘寺。

雨后游鹤园二首①

张荣培

为爱清游冒雨来,小园花木尽徘徊。
绿阴如洗苍苔滑,好鸟一声天忽开。

回廊曲折抱荷池,半榻茶烟老鬓丝②。
消受清闲无事福,一枰棋局一囊诗③。

【作者介绍】

张荣培(1873—1953),近代诗人,字蛰公,吴县(今江苏苏州)人。清诸生。著有《食破砚斋诗钞》《惜余春馆词钞》。

【注释】

① 鹤园:在苏州韩家巷,北与俞樾之曲园、南与吴云之听枫园为邻,清末洪鹭汀营建,洪氏取俞樾所书"携鹤草堂"之意,命园为鹤

园。不久,归吴江庞国钧。时张荣培正赁居曲园,经常来此憩游。

② 鬓丝:鬓边白发。

③ 枰:棋盘。

后　记

　　本书编撰于1999年，距今已有二十五年。去年秋，苏州大学出版社决定重新出版本书，社领导嘱咐重加修订。为此，笔者做了两方面的工作：一，删去原有篇目两篇，新增十篇。新增篇目，以名家名作为主，如姜夔一诗《除夜自石湖归苕溪》、一词《点绛唇·丁未冬过吴松作》，沈周二诗《题有竹居小横幅》《春日过天平山》，咏写苏州美景，充满诗情画意，短小隽永，耐人寻味。二，对注释内容作全面的修订和补充，重视在注释中引录相关典籍，如注"越城"，引范成大《吴郡志》，注"寒山"，引徐崧、张大纯《百城烟水》，以丰富注释内涵，增加可信度。笔者还特别重视引录苏州地方文献，如陆广微《吴地记》、朱长文《吴郡图经续记》、姚承绪《吴趋访古录》、龚明之《中吴纪闻》、顾禄《清嘉录》、洪武《苏州府志》等典籍；重视增加富有苏州地方色彩的注释条文，如"船宴"（见范成大《包山寺》）、"三旬蚕忌"（见范成大《四时田园杂兴》）、"拜月"（见范成大《晚入盘门》）。所有这些修订工作，都环绕本书选释的宗旨进行，力求完美，期望能得到广大读者喜爱。

吴企明

2024年3月修订于城南西塘北巷寓所